Goldmann Science Fiction

Von Theodore Sturgeon
sind außerdem im Wilhelm Goldmann Verlag erschienen:

Das Geheimnis von Xanadu. 0188
Der Gott des Mikrokosmos. 0195
Die lebenden Steine. 0187
Licht von den Sternen. 0192
Prognose: positiv. 0200
Sein Name war Mensch. 0184
Tausend Schiffe am Himmel. 0189
Venus plus X. 0181
Nach dem Exodus. 0233

THEODORE STURGEON

ES

NOT WITHOUT SORCERY

Science Fiction Stories

WILHELM GOLDMANN VERLAG

MÜNCHEN

Made in Germany · I · 1110

Umschlag: Jürgen F. Rogner. Satz: IBV Lichtsatz KG, Berlin. Druck: Presse-Druck Augsburg. SF 0255 · AP/pap
ISBN 3-442-23255-4

Inhalt

ES

ES wandelte in den Wäldern.

ES war nie geboren. ES existierte. Unter den Tannennadeln schwelen die Feuer, tief und rauchlos im Humus. In der Hitze, in der Dunkelheit und der Fäulnis gibt es Wachstum. Es gibt Leben, und es gibt Wachstum. ES wuchs, aber es war nicht lebendig. ES wandelte ohne Atem durch die Wälder und dachte und sah und war häßlich und stark, und ES war nicht geboren, und ES lebte nicht. ES wuchs und bewegte sich, ohne zu leben.

ES kroch aus der Dunkelheit und dem heißen, feuchten Humus in die Kühle eines Morgens. ES war riesig. ES war klumpig und krustig von seinen eigenen abscheulichen Substanzen, und einzelne Stücke fielen von ihm ab, als ES seiner Wege ging, fielen ab und lagen zuckend und wurden still und sanken verfaulend in die Walderde hinab.

ES kannte keine Barmherzigkeit, kein Lachen, keine Schönheit. ES besaß Stärke und große Intelligenz. Und – vielleicht war ES nicht zu zerstören. ES kroch aus seinem Erdhügel im Wald und lag einen langen Augenblick pulsierend im Sonnenschein. Manche Stellen schimmerten feucht im goldenen Glanz, Teile waren knotig und schuppig. Und wessen tote Gebeine hatten ihm menschliche Gestalt verliehen?

ES scharrte mühsam mit seinen halbgeformten Händen, schlug auf den Boden und einen Baumstamm. ES rollte und stemmte sich auf seine zerbröckelnden Ellenbogen, und ES zerfetzte eine große Handvoll Laub und zerdrückte es an seiner Brust, und ES hielt ein und blickte mit wissender Ruhe auf den graugrünen Saft. ES erhob sich schwankend auf die Beine, ergriff einen jungen Baum und zerstörte ihn, knickte den schlanken Stamm immer wieder, beobachtete aufmerksam die nutzlosen, fasrigen Splitter. Und ES packte ein vor Angst erstarrtes Feldtier, zerquetschte es langsam, ließ Blut und quellendes Fleisch und Fell zwischen den Fingern hervordringen, hinablaufen und auf den Unterarmen verrotten.

ES begann zu suchen.

Kimbo glitt durch das hohe Gras wie ein Staubwölkchen, den buschigen Schwanz steif über dem Rücken, die langen Kiefer geöffnet. Er lief mit leichten Sprüngen, liebte seine Freiheit und die Kraft seiner Flanken und fellbekleideten Beine. Seine Zunge hing träge über den Lefzen. Seine Lefzen waren schwarz und gezackt, und jedes winzige, spitze Läppchen schlappte mit in seinem Hundegalopp. Kimbo war ganz Hund, ganz gesundes Tier.

Er sprang in hohem Bogen über einen großen Stein und landete mit verblüfftem Jaulen, als ein langohriges Wildkaninchen aus seinem Versteck unter dem Stein hervorschoß. Kimbo hetzte hinterher, bei jedem Satz einen Knurrlaut ausstoßend. Das Kaninchen hüpfte vor ihm her, mit angelegten Ohren. Es hielt knapp die Distanz. Als es anhielt, schnappte Kimbo zu. Aber das Kaninchen schoß schräg davon und fetschte in einen hohlen Baumstamm. Kimbo jaulte wieder und stürzte sich schnüffelnd auf den Stamm, wußte sich betrogen, fegte einmal um den Baumstrunk und lief weiter in den Wald hinein. Das Ding, das im Wald lauerte, hob die verkrusteten Arme und wartete auf Kimbo.

Kimbo erspürte es dort und blieb stocksteif stehen. Für ihn war ES eine Masse, die nach Aas roch, nicht wert, sich darin zu wälzen, und er schnüffelte verächtlich und wollte vorbeirennen.

Das Ding ließ ihn auf gleiche Höhe kommen und eine schwere, verkrümmte Faust auf ihn niedersausen. Kimbo sah sie kommen und krümmte sich im Laufen. Die Hand traf kurz und hart Kimbos Steiß, so daß er jaulend den Abhang hinunterkullerte. Kimbo raffte sich auf, schüttelte den Kopf, schüttelte mit einem tiefen Knurren den ganzen Körper und ging wutentbrannt wieder auf das stumme Ding los. Er lief steif, geradbeinig, ließ den Schwanz hängen und senkte den Kopf, eine Zornkrause um den Hals. Das Ding hob wieder die Arme und wartete.

Kimbo wurde langsamer, dann schnellte er sich durch die Luft an die Kehle des Monsters. Seine Kiefer klappten zu, seine Zähne schnappten durch eine Modermasse hindurch, und er fiel halb erstickt und knurrend zu Boden. Das Ding beugte sich vor und schlug zweimal zu, und als dem Hund das Rückgrat gebrochen war, setzte

ES sich vor ihn und begann ihn zu zerreißen.

»Bin ungefähr in einer Stunde wieder da«, sagte Alton Drew, als er nach seiner Flinte in der Ecke hinter dem Brennholzkasten griff. Sein Bruder lachte.

»Der alte Kimbo bestimmt so ziemlich über dein Leben, Alton«, sagte er.

»Ah, ich kenn' den Teufel«, sagte Alton. »Wenn ich ihn eine halbe Stunde pfeife und er nicht kommt, sitzt er in der Patsche, oder er hat was auf einen Baum getrieben, das abzuschießen sich lohnt. Der alte Racker ruft mich damit, daß er sich nicht meldet.«

Cory Drew schob seiner neunjährigen Tochter ein volles Glas Milch hin und lächelte.

»Von deinem Köter hältst du, glaub' ich, genausoviel, wie ich von Babe hier.«

Babe rutschte vom Stuhl und lief zu ihrem Onkel.

»Fängst du mir den bösen Kerl, Onkel Alton?« rief sie schrill.

Der ›böse Kerl‹ war Corys Erfindung – einer, der in Ecken lauert, um sich auf kleine Mädchen zu stürzen, die Hühner jagen und an Mähmaschinen spielen und unreife Äpfel mit jugendlicher Kraft auf Schweine schleudern, um das gleichzeitige Klatschen und Grunzen zu hören; kleine Mädchen, die mit österreichischem Akzent fluchen, wie ein Landarbeiter, der einmal bei ihnen war, kleine Mädchen, die in Heuhaufen graben, bis sie umkippen, die Flußkrebse in den Milchkannen für den morgigen Tag halten, und Arbeitspferde bis zur Erschöpfung reiten.

»Komm da her, und bleib weg von Onkel Altons Gewehr!« sagte Cory. »Wenn du den bösen Kerl siehst, Alton, dann jag ihn hierher. Er hat eine Verabredung mit Babe, wegen der Geschichte von gestern abend.« Am vergangenen Abend hatte Babe in ihrer Gutherzigkeit Pfeffer auf den Salzstein für die Kühe geschüttet.

»Keine Angst, Kleines«, sagte ihr Onkel grinsend, »ich bring' dir das Fell vom bösen Kerl, wenn er mich nicht zuerst erwischt.«

Alton Drew ging den Weg zum Wald hinauf und dachte über Babe nach. Sie war eine Besonderheit – ein verhätscheltes Bauernkind.

Nun ja – es war zu verstehen. Sie hatten beide Clissa Drew geliebt, und geheiratet hatte sie Cory, und Clissas Kind mußten sie auch lieben. Seltsam, die Liebe. Alton war ein typischer Mann und hatte die entsprechenden Anschauungen; auf Liebe reagierte er heftig und erschrocken. Er wußte, was Liebe war, weil er sie immer noch für die Frau seines Bruders empfand und für Babe empfinden würde, solange sie lebte. Sie begleitete ihn durch das ganze Leben, und trotzdem wurde er verlegen, wenn er darüber nachdachte. Einen Hund zu lieben war etwas Leichtes, weil er und der alte Racker einander schrankenlos zu lieben vermochten, ohne darüber zu sprechen. Der Geruch der rauchenden Flinte und von nassem Fell im Regen war für Alton Drew Parfüm genug, ein zufriedenes Brummen und der Schrei eines gejagten und getroffenen Tieres waren Poesie genug. Das war nicht wie die Liebe zu einem Menschen, die ihm die Kehle so zuschnürte, daß er Worte nicht herausbrachte, die ihm ohnehin nicht eingefallen wären. So liebte Alton seinen Hund Kimbo und seine Winchester für alle sichtbar und ließ die Liebe zu den Frauen seines Bruders, Clissa und Babe, heimlich und unerwähnt in sich nagen.

Er bemerkte die frischen Abdrücke in der weichen Erde hinter dem großen Stein, wo Kimbo herumgefahren und dem Kaninchen mit einem Satz nachgejagt war. Er schaute sich nach dem nächsten Versteck um, das ein Kaninchen aufgesucht haben mochte, und schlenderte zu dem Baumstumpf. Er sah, daß Kimbo dortgewesen und auch hier zu spät gekommen war. »Alter Schwachkopf«, murmelte Alton. »Ein Karnickel fängst du nicht, wenn du hinterherjagst. Du mußt es irgendwie reinlegen.« Er stieß einen seltsamen, trillernden Pfiff aus, überzeugt davon, daß Kimbo wie ein Wilder unter irgendeinem nahen Baumstumpf nach einem Kaninchen grub, das inzwischen schon im nächsten Landbezirk war. Keine Antwort. Alton kehrte ein wenig verwirrt auf den Weg zurück. »Das hat er noch nie gemacht«, sagte er leise.

Er spannte den Hahn seiner Flinte und nahm sie auf den Unterarm. Auf dem Jahrmarkt hatte einmal jemand von Alton Drew behauptet, er könne auf eine Handvoll Mais und Erbsen, die man in die Luft warf, schießen und nur den Mais treffen. Einmal zerteilte er eine Patrone mit dem Messer und löschte zwei Kerzen aus. Er brauchte nichts zu fürchten, worauf man schießen konnte. Das glaubte er.

Das Ding im Wald blickte neugierig auf das, was es mit Kimbo angestellt hatte, und versuchte so zu stöhnen, wie Kimbo es vor seinem Tod getan hatte. ES stand eine Weile da und speicherte Fakten in seinem unreinen, emotionslosen Gemüt. Blut war warm. Das Sonnenlicht war warm. Dinge, die sich bewegten und einen Pelz hatten, besaßen einen Muskel, der die dicke Flüssigkeit durch winzige Röhrchen in ihrem Körper trieb. Die Flüssigkeit gerann nach einer Weile. Die Flüssigkeit an verwurzelten, grünen Dingen war dünner, und der Verlust eines Gliedes bedeutete nicht den Verlust des Lebens. Das war sehr interessant, aber das Ding, ES, der Schimmel mit Denkfähigkeit, war nicht erfreut. ES war auch nicht mißvergnügt. Sein Zufallstrieb war ein Durst nach Wissen, und ES war nur – interessiert.

Es wurde spät, die Sonne ging unter, und der Horizont glich einem Flammenmeer. Das Ding warf den Kopf hoch und registrierte die einsetzende Dunkelheit. Die Nacht war stets etwas Seltsames, selbst für jene, die sie im Leben gekannt haben. Sie wäre für das Ungeheuer erschreckend gewesen, wenn es hätte erschrecken können, aber ES konnte nur neugierig sein, nur von dem, was ES beobachtet hatte, ausgehen.

Was geschah? Es fiel schwerer, etwas zu sehen. Warum? ES warf den formlosen Kopf hin und her. Richtig – die Dinge waren trüb und wurden trüber. Die Dinge veränderten die Form und nahmen eine neue, dunklere Farbe an. Was sahen die Wesen, die ES zerschmettert und zerrissen hatte? Wie sahen sie? Das Größere, das zum Angriff übergegangen war, hatte zwei Organe in seinem Kopf benützt. Das mußte es gewesen sein, denn nachdem das Ding dem Hund zwei Beine ausgerissen hatte, schlug es ihm auf die behaarte Schnauze, und der Hund, der den Schlag kommen sah, hatte Hautfalten über die Organe geklappt – die Augen geschlossen. Also sah der Hund mit seinen Augen. Aber nachdem der Hund tot und sein Körper regungslos gewesen war, hatten wiederholte Schläge keine Wirkung auf die Augen. Sie blieben offen und starr. Die logische Schlußfolgerung war demnach, daß ein Wesen, das nicht mehr lebte und atmete und sich bewegte, den Gebrauch seiner Augen verlor. Es mußte so sein, daß der Verlust des Sehens umgekehrt den Tod bedeutete. Tote gingen nicht herum. Sie legten sich hin und bewegten sich nicht. Deshalb kam das Ding im Wald zu dem Schluß, daß es tot sein mußte, und ES legte sich am Weg hin, nicht weit von Kimbos zerteiltem Körper, legte sich hin und glaubte sich tot.

Alton Drew kam in den Wald, als es schon dämmerte. Er machte sich ernsthafte Sorgen. Er pfiff wieder und schrie dann, aber die Antwort blieb aus, und er sagte noch einmal: »Das hat der alte Flohschlepper noch nie gemacht«, und schüttelte den schweren Kopf. Es war schon über die Melkzeit, und Cory brauchte ihn. »Kimbo!« brüllte er. Der Schrei hallte durch die Schatten, und Alton legte den Sicherungshebel seiner Flinte um und stellte den Kolben neben dem Weg auf den Boden. Er stützte sich auf die Waffe, nahm die Mütze ab und kratzte sich verwundert am Hinterkopf. Der Gewehrkolben versank in, wie er meinte, weicher Erde; er stolperte und trat in die Brust des Dings, das neben dem Weg lag. Sein Fuß drang bis zum Knöchel in die weiche Fäulnis, und er fluchte und sprang zurück.

»*Hui!* Da ist aber was mausetot! Öh!« Er wischte sich mit einer Handvoll Laub den Stiefel ab, während das Ungeheuer in der zunehmenden Schwärze lag und den Druck von Drews Fuß auf seiner Brust spürte, der in ES eindrang. ES lag da und betrachtete ihn dumpf aus seinen schlammigen Augen, hielt sich wegen der Dunkelheit für tot, beobachtete die Bewegung von Alton Drews Gelenken und staunte über dieses neue, unvorsichtige Wesen.

Alton säuberte seinen Gewehrkolben mit Laub und ging weiter den Weg hinauf, sorgenvoll nach Kimbo pfeifend.

Clissa Drew stand in der Tür des Kuhstalls, wunderhübsch in rotkariertem Gingham und blauer Schürze. Ihr Haar war gelbblond, in der Mitte gescheitelt und zu einem schweren, geflochtenen Knoten straff nach hinten gebunden.

»Cory! Alton!« rief sie ein wenig scharf.

»Ja?« antwortete Cory brummig aus dem Stall, wo er die Kühe molk. Der dünner gewordene Milchstrahl spritzte angenehm in den Schaum eines vollen Eimers.

»Ich rufe und rufe«, sagte Clissa. »Das Essen wird kalt, und Babe ißt nicht, bis ihr da seid. Hör mal – wo ist denn Alton?«

Cory brummte, stellte den Melkschemel weg, klappte das Freßgitter zu und schlug der Kuh auf die Hinterbacken. Sie drehte sich, wendete wie ein Schleppkahn und lief hinaus auf den Hof. »Ist noch nicht zurück.«

»Nicht zurück?« Clissa kam herein und blieb neben ihm stehen, als er sich bei der nächsten Kuh niederließ und seine Stirn an die warme Flanke legte. »Aber Cory, er hat gesagt, er –«

»Ja, ja, ich weiß. Er hat gesagt, zum Melken ist er wieder da. Ich hab' ihn gehört. Ist er aber nicht.«

»Und du mußt – Oh, Cory, ich helf' dir. Alton wäre schon zurück, wenn er könnte. Vielleicht ist er –«

»Vielleicht hat er einen Blauhäher entdeckt«, knurrte ihr Mann. »Er und sein verdammter Köter.« Er gestikulierte mit einer Hand, während er mit der anderen weitermolk. »Ich muß sechsundzwanzig Stück Vieh melken. Ich muß die Schweine füttern und die Hühner in den Stall bringen. Ich muß Heu für die Stute auflegen und die Zugpferde rauslassen. Ich muß Geschirr flicken und den Zaun an der Weide. Ich muß Holz hacken und es reintragen.« Er molk einen Augenblick stumm und kaute an seiner Lippe. Clissa rang die Hände und versuchte, sich etwas einfallen zu lassen, um die Flut aufzuhalten. Es war nicht das erstemal, daß Altons Jägerei mit der Hofarbeit in Konflikt geriet. »Also muß ich weitermachen. Ich kann mich in Altons Jägerei nicht einmischen. Jedesmal, wenn sein verdammter Köter ein Eichhörnchen schnuppert, gibt es für mich kein Abendbrot. Ich hab' langsam genug davon, und –«

»Ach, ich helf' dir!« sagte Clissa. Sie dachte an den Frühling, als Kimbo einen vier Zentner schweren, zornigen Schwarzbären in Schach gehalten hatte, bis Alton ihm eine Kugel in den Schädel schießen konnte, damals, als Babe ein Bärenjunges gefunden und es hatte heimtragen wollen und in den Fluß gefallen war, wo es sich den Kopf aufgeschlagen hatte. Man kann einen Hund nicht hassen, der das eigene Kind gerettet hat, dachte sie.

»Nichts tust du!« knurrte Cory. »Geh ins Haus. Da findest du Arbeit genug. Ich komme, sobald ich kann. Verdammt, Clissa, wein doch nicht! Ich wollte doch nicht... Ach, Mensch!« Er stand auf und legte die Arme um sie. »Ich bin durcheinander«, sagte er. »Geh nur. Ich hätte nicht so mit dir reden dürfen. Tut mir leid. Geh zu Babe. Ich mach' der Sache heut' abend ein Ende. Ich hab' genug. Da ist Arbeit für vier Farmer, und alles, was wir haben, bin ich und dieser... dieser Jägersmann. Geh jetzt, Clissa.«

»Gut«, sagte sie an seiner Schulter. »Aber, Cory, hör ihn zuerst an, wenn er zurückkommt. Vielleicht kann er nicht zurückkommen. Vielleicht kann er diesmal nicht. Vielleicht ist er – er –«

»Es gibt nichts, was meinem Bruder was antun kann, das eine Kugel trifft. Er kommt zurecht. Diesmal hat er keine Ausrede. Geh jetzt. Sorg dafür, daß die Kleine ißt.«

Clissa ging ins Haus zurück, mit Sorgenfalten im jungen Gesicht. Wenn Cory jetzt mit Alton stritt und ihn forttrieb, bei der Dürre und der Molkerei, die schließen sollte, und allem, schafften sie es einfach nicht. Einen Mann einzustellen, kam nicht in Frage. Cory würde sich zu Tode schuften müssen und es einfach nicht schaffen können. Einer allein schaffte es nicht. Sie seufzte und ging ins Haus. Es war sieben Uhr, und die Kühe waren noch nicht alle gemolken. Ach, warum mußte Alton immer –

Babe war um neun Uhr im Bett, als Clissa Cory im Schuppen hörte, wo er die Drahtschere in eine Ecke warf.

»Alton schon zurück?« sagten sie beide gleichzeitig, als Cory in die Küche trat, und als sie den Kopf schüttelte, stapfte er zum Herd, hob einen Topfdeckel und spuckte in die Glut. »Komm ins Bett«, sagte er.

Sie legte ihre Stickerei weg und blickte auf seinen breiten Rücken. Er war achtundzwanzig und ging und handelte wie ein Mann, der um zehn Jahre älter ist, und sah aus wie einer, der fünf Jahre jünger ist.

»Ich komme dann rauf«, sagte sie.

Cory blickte in die Ecke hinter dem Holzkasten, wo sonst Altons Flinte stand, dann gab er einen wortlosen, angewiderten Laut von sich und setzte sich, um die schweren, verdreckten Schuhe auszuziehen.

»Es ist neun vorbei«, meinte Clissa schüchtern. Cory sagte nichts und griff nach den Hausschuhen. »Cory, du wirst doch nicht –«

»Ich werde was nicht?«

»Ach, nichts. Ich dachte nur, daß Alton vielleicht –«

»Alton«, brauste Cory auf. »Der Hund jagt Feldmäuse. Alton jagt den Hund. Und jetzt soll ich Alton jagen. Meinst du das?«

»Ich habe nur – So spät ist er noch nie fortgewesen.«

»Das mache ich nicht! Ich soll ihn mitten in der Nacht suchen gehen? Ich denk' nicht dran! Er hat kein Recht, so mit uns umzuspringen, Clissa!«

Clissa sagte nichts. Sie ging zum Herd, guckte in den Wäschetopf, der ganz hinten stand. Als sie sich umdrehte, hatte Cory Schuhe und Jacke wieder an.

»Ich wußte, du gehst«, sagte sie. Ihre Stimme schien zu lächeln, wenn auch sie selbst nicht.

»Ich bin verflixt schnell wieder da«, sagte Cory. »Weit kann er nicht sein. Es ist spät. Ich hab' keine Angst um ihn, aber –« Er klappte seine Flinte auf, starrte in die Läufe, schob zwei Patronen hinein und eine Schachtel Munition in die Tasche. »Warte nicht auf uns«, sagte er über die Schulter, als er hinausging.

»Nein«, sagte Clissa zur geschlossenen Tür und setzte sich wieder unter die Lampe zu ihrer Stickerei.

Der Weg hinauf zum Wald lag in tiefem Dunkel, als Cory hinaufstieg, die Augen zusammenkniff und Altons Namen rief. Die Luft war kühl und still, und es roch nach Fäulnis. Cory versuchte, den Geruch zu verdrängen, sog ihn mit dem nächsten Atemzug aber wieder ein und fluchte. »Unsinn«, murmelte er. »Köter. Jagen, und das nachts um zehn. Alton!« brüllte er. »Alton Drew!« Echos antworteten ihm, und er betrat den Wald. Das kauernde Ding, an dem er im Dunkeln vorbeikam, hörte ihn und spürte die Vibration seiner Schritte und rührte sich nicht, weil es sich für tot hielt.

Cory marschierte weiter, schaute sich um, aber er sah nach vorn und nicht auf den Boden, weil er den Weg kannte.

»Alton!«

»Bist du das, Cory?«

Cory Drew erstarrte. Diese Stelle des Waldes war dicht bewachsen und dunkel wie ein Grabgewölbe. Die Stimme, die er hörte, klang erstickt, leise, durchdringend.

»Alton?«

»Ich hab' Kimbo gefunden, Cory.«

»Wo bist du gewesen, verdammt noch mal?« schrie Cory wütend. Er mochte diese undurchdringliche Dunkelheit nicht; er fürchtete die gepreßte Hoffnungslosigkeit in Altons Stimme, und er mißtraute seiner Fähigkeit, auf seinen Bruder wütend zu bleiben.

»Ich hab' ihn gerufen, Cory. Ich hab' gepfiffen, und der alte Rakker hat sich nicht gemeldet.«

»Das kann ich von dir auch sagen, du... du Hammel. Warum bist du nicht zum Melken gekommen? Wo bist du? Steckst du in einer Falle?«

»Der Hund hat das vorher nie gemacht, daß er sich nicht meldet, weißt du«, sagte die gepreßte, monotone Stimme aus der Dunkelheit.

»Alton! Was, zum Teufel, ist los mit dir? Was stört es mich, ob dein Köter sich nicht gemeldet hat? Wo –«

»Wahrscheinlich, weil er vorher noch nie tot war«, sagte Alton, ohne sich unterbrechen zu lassen.

»*Was?*« Cory preßte zweimal die Lippen zusammen und sagte dann: »Alton, bist du übergeschnappt? Was sagst du da?«

»Kimbo ist tot.«

»Kim... oh! Oh!« Cory sah das Bild wieder vor sich – Babe bewußtlos im Fluß, und Kimbo fauchend und schnappend vor einer riesigen Bärin, um sie fernzuhalten, bis Alton zur Stelle sein konnte. »Was ist passiert, Alton?« fragte er ruhiger.

»Das will ich herauskriegen. Jemand hat ihn zerrissen.«

»*Zerrissen?*«

»Kein Stück mehr von ihm, das ganz ist, Cory. Alle Glieder ausgerissen, die Eingeweide auch.«

»Guter Gott! Ein Bär, meinst du?«

»Kein Bär, nichts, was auf vier Beinen läuft. Alles ist da von ihm. Nichts gefressen, nichts angenagt. Wer das getan hat, hat ihn einfach umgebracht und – zerrissen.«

»Guter Gott!« sagte Cory noch einmal. »Wer könnte –« Es blieb lange still. »Komm mit heim«, sagte er dann beinahe sanft. »Gibt keinen Grund, warum du die ganze Nacht hier bei ihm hocken mußt.«

»Ich bleibe da. Ich will hier sein, wenn es hell wird, dann nehm' ich die Fährte auf, und ich such' weiter, bis ich den gefunden hab', der das mit Kimbo gemacht hat.«

»Du bist betrunken oder verrückt, Alton.«

»Ich bin nicht betrunken. Im übrigen kannst du denken, was du willst. Ich bleib' hier.«

»Wir haben einen Hof da hinten. Weißt du noch? Ich melke morgen früh nicht wieder sechsundzwanzig Kühe wie vorhin, Alton.«

»Einer muß es machen. Ich kann nicht kommen. Du wirst wohl müssen, Cory.«

»Du Mistkerl!« schrie Cory. »Du kommst jetzt mit heim, sonst kannst du was erleben!«

Altons Stimme klang immer noch gepreßt, halb schläfrig.

»Komm ja nicht näher, Freund.«

Cory ging weiter auf Altons Stimme zu.

»Ich hab' gesagt« – die Stimme klang jetzt ganz leise: »*Bleib, wo du bist.*« Cory ging weiter. Ein lautes Knacken verriet, daß der Sicherungshebel der Flinte umgelegt worden war. Cory blieb stehen.

»Du zielst auf mich, Alton?« flüsterte Cory.

»Ganz recht. Du zertrampelst mir die Spuren hier nicht. Ich brauch' sie, wenn es hell wird.«

Eine ganze Minute verging, und das einzige Geräusch in der Dunkelheit war das von Corys gequälten Atemzügen. Schließlich sagte er: »Ich hab' meine Flinte auch dabei, Alton. Komm mit heim.«

»Du siehst nichts, um auf mich schießen zu können.«

»Das gilt für uns beide.«

»Nein. Ich weiß genau, wo du stehst, Cory. Ich bin seit vier Stunden hier.«

Wortlos drehte Cory Drew sich auf dem Absatz um und stapfte zurück zum Hof.

Schwarz und gerinnend lag ES in der Schwärze, nicht lebendig, den Tod nicht begreifend, sich für tot haltend. Dinge, die lebendig waren, sahen und bewegten sich. Dinge, die nicht lebendig waren, konnten beides nicht. ES richtete den schlammigen Blick auf die Baumreihe am Hügelkamm, und tief in ihm tropften feucht Gedanken. ES lag kauernd da, zerteilte in seiner Vorstellung die neu entdeckten Tatsachen, sezierte sie, wie es lebendige Dinge am Tage seziert hatte, vergleichend, folgernd, einordnend.

Die Bäume oben am Hang waren gerade noch erkennbar, da ihre Stämme eine Spur heller waren als der dunkle Himmel hinter ihnen. Mit der Zeit verschwanden auch sie, und einen Augenblick lang waren Himmel und Bäume eins. Das Ding wußte, daß es jetzt tot war, und wie so viele Wesen vor ihm fragte es sich, wie lange es so verharren mußte. Und dann wurde der Himmel hinter den Bäumen ein wenig heller. Das war eigentlich ein unmögliches Ereignis, dachte das Ding, aber man konnte es sehen, und es mußte so sein. Lebten tote Dinge wieder auf? Das war sonderbar. Und zerteilte tote Dinge? ES würde abwarten und sehen.

Die Sonne ging auf. Irgendwo gab ein Vogel ein hohes, gähnendes Piepsen von sich, und während eine Eule die eine Spitzmaus tötete, stürzte sich ein Stinktier auf eine zweite, so daß das Töten in der Nacht und am Tag ohne Unterbrechung seinen Fortgang nehmen konnte. Zwei Blumen nickten einander kokett zu und verglichen ihre hübschen Kleider. Eine Libellenpuppe sprengte die Umhüllung, kroch heraus und trocknete. Der erste goldene Sonnenstrahl schien durch die Bäume, durch das Gras, glitt über die Masse im schattigen Gebüsch. Ich lebe wieder, dachte das Ding, das eigentlich nicht leben konnte. Ich lebe, denn ich sehe klar. ES stellte sich auf seine dicken Beine, richtete sich auf in dem goldenen Glanz. Nach kurzer Zeit trockneten die feuchten Flocken, die in der Nacht gewachsen waren, in der Sonne, und als ES die ersten Schritte machte, platzten sie ab, und sie regneten auf den Boden. ES ging den Hang hinauf, um Kimbo zu suchen, um zu sehen, ob auch er wieder lebendig war.

Babe ließ die Sonne in ihr Zimmer, indem sie die Augen öffnete. Onkel Alton war fort – das war das erste, was ihr durch den Kopf ging. Vater war gestern nacht heimgekommen und hatte Mutter eine Stunde lang angeschrien. Alton sei verrückt geworden. Er habe die Waffe auf seinen eigenen Bruder gerichtet. Wenn Alton je wieder drei Meter auf Corys Land käme, werde Cory ihn so durchlöchern, daß er aussehe wie eine Steppenhexe. Alton sei faul, unfähig, egoistisch und noch das eine oder andere. Babe kannte ihren Vater. Onkel Alton würde in dieser Gegend seines Lebens nicht mehr sicher sein.

Sie sprang aus dem Bett und lief zum Fenster. Cory stapfte mit Zaumzeug über dem Arm davon, um die Zugpferde zu holen. Unten in der Küche klapperte es.

Babe steckte den Kopf in die Waschschüssel und schüttelte das Wasser ab wie ein Terrier, bevor sie sich abtrocknete. Frisches Hemd und Leinenhose in der Hand, ging sie zur Treppe, zog das Hemd an und begann ihr morgendliches Ritual mit der Hose. Ein Schritt hinunter war ein Schritt durch das rechte Hosenbein. Ein zweiter, und sie steckte im linken. Dann sprang sie die Stufen mit beiden Beinen hinab, knöpfte mit jeder Stufe einen Knopf zu, kam angezogen unten an und lief in die Küche.

»Ist Onkel Alton gar nicht zurückgekommen, Ma?«

»Morgen, Babe. Nein, Kind.« Clissa war zu still und lächelte zuviel, so dachte Babe weise. Sie war nicht glücklich.

»Wo ist er hingegangen, Ma?«

»Das wissen wir nicht, Babe. Setz dich hin, und iß dein Frühstück.«

»Was ist ein Hergelaufener, Ma?« fragte Babe plötzlich. Ihre Mutter sah sie erschrocken an.

»Babe! Das darfst du nie wieder sagen!«

»Oh. Warum ist Onkel Alton dann einer?«

»Warum ist er was für einer?«

Babes Mund nahm einen Riesenlöffel Haferflocken auf.

»Ein Herge-«

»Babe!«

»Schon gut, Ma«, sagte Babe mit vollem Mund. »Warum denn?«

»Ich habe Cory gestern nacht gesagt, er soll nicht schreien«, sagte Clissa halb zu sich selbst.

»Na, was es auch heißt, er ist keiner«, sagte Babe entschieden. »Ist er wieder jagen gegangen?«

»Er hat Kimbo gesucht, Kind.«

»Kimbo? Oh, Ma, ist Kimbo auch fort? Ist er auch nicht zurückgekommen?«

»Nein, Kind. Bitte, Babe, hör auf, Fragen zu stellen!«

»Gut. Was glaubst du, wo sie hingegangen sind?«

»In den Wald im Norden. Sei still!«

Babe beugte sich über ihr Frühstück. Plötzlich kam ihr ein Gedanke, und während sie überlegte, aß sie langsamer und immer langsamer und warf ihrer Mutter von der Seite immer häufiger Blicke zu. Es wäre schrecklich, wenn Papa Onkel Alton etwas antun würde. Jemand sollte ihn warnen.

Babe war auf halbem Weg zum Wald, als Altons Schüsse durch das Tal hallten.

Cory war auf dem Feld, lenkte einen Kultivator und beschimpfte die Pferde, als er die Schüsse hörte. »Whoa«, rief er den Pferden zu und blieb einen Augenblick sitzen, um zu lauschen. »Eins-zwei-drei. Vier«, zählte er. »Hat jemand gesehen und losgeballert. Hatte Gelegenheit, zu zielen und noch einmal zu schießen. Mein Gott!« Er klappte die Kultivatorzinken hoch und lenkte das Gespann in den Schatten von drei Eichen. Er fesselte dem Wallach mit einem Gurt die Vorderbeine und machte sich auf den Weg zum Wald. »Alton ein Killer«, murmelte er und lief zurück zum Haus, um seine Waffe zu holen. Clissa stand vor der Tür.

»Munition!« knurrte er und stürzte ins Haus. Clissa folgte ihm. Er schnallte sein Jagdmesser um, bevor sie eine Schachtel vom Regalbrett nehmen konnte.

»Cory –«

»Du hast es doch gehört, oder? Alton ist übergeschnappt. Er vergeudet keine Patronen. Er hat eben auf jemand geschossen, und er war nicht nach Fasanen unterwegs, als ich ihn zuletzt gesehen hab'. Er wollte einen Menschen umbringen. Gib mir die Flinte!«

»Cory, Babe –«

»Die behältst du hier. Mein Gott, was für eine Schweinerei. Viel halte ich nicht mehr aus.« Cory lief hinaus.

Clissa packte ihn am Arm.

»Cory, ich will es dir die ganze Zeit sagen. Babe ist nicht da. Ich habe gerufen, und sie ist nicht da.«

Corys jung-altes Gesicht spannte sich.

»Babe. Wo hast du sie zuletzt gesehen?«

»Beim Frühstück.« Sie weinte jetzt.

»Hat sie gesagt, wo sie hingeht?«

»Nein. Sie hat dauernd nach Alton gefragt und wo er hingegangen sei.«

»Hast du es ihr gesagt?«

Clissas Augen weiteten sich, und sie nickte, grub die Zähne in den Handrücken.

»Das hättest du nicht tun sollen, Clissa«, zischte er und rannte auf den Wald zu. Clissa schaute ihm nach und hätte sich in diesem Augenblick umbringen können.

Cory lief mit erhobenem Kopf, mühte die Beine, die Lunge und die Augen den langen Weg hinauf. Er keuchte den Hang nach oben, nach fünfundvierzig Minuten Anstrengung war er außer Atem. Er nahm nicht einmal den feuchten Fäulnisgeruch in der Luft wahr.

Er bemerkte in einem Dickicht auf der rechten Seite eine Bewegung und warf sich auf den Boden. Nach Luft ringend, kroch er vorwärts, bis er deutlich sehen konnte. Da war wirklich etwas. Etwas Schwarzes, das sich nicht regte. Cory ließ Beine und Rumpf erschlaffen, damit sein Herz wieder Kraft in sie hineinpumpen konnte, und hob langsam die Flinte, bis sie auf das im Dickicht verborgene Ding gerichtet war.

»Rauskommen!« sagte Cory, als er sprechen konnte.

Nichts rührte sich.

»Rauskommen, oder, bei Gott, ich schieße!« zischte Cory.

Es blieb einen langen Augenblick still, und sein Finger krümmte sich um den Abzug.

»Du willst es nicht anders«, sagte er, und als er abdrückte, sprang das Ding schreiend seitwärts ins Freie.

Es war ein magerer kleiner Mann, in düsteres Schwarz gekleidet, mit dem rosigsten Babygesicht, das Cory je gesehen hatte. Das Gesicht war vor Angst und Schmerz verzerrt. Der Mann raffte sich auf, hüpfte auf und ab und sagte immer wieder: »Oh, meine Hand. Nicht mehr schießen! Oh, meine Hand. Nicht mehr schießen!« Nach einer Weile hörte er auf, als Cory aufgestanden war, und er betrachtete den Farmer mit traurigen kobaltblauen Augen. »Sie haben mich getroffen«, sagte er vorwurfsvoll und hob eine kleine, blutige Hand. »Ach, du meine Güte.«

»Wer, zum Teufel, sind Sie denn?« fragte Cory.

Der Mann geriet augenblicklich in Hysterie und überschwemmte ihn mit einer solchen Flut von Satzfetzen, daß Cory einen Schritt zurücktrat und in Notwehr die Waffe hob. Das meiste schien zu lauten: »Meine Papiere verloren«, und: »Ich bin es nicht gewesen«, und: »Es war furchtbar. Furchtbar. Furchtbar«, und: »Der tote Mann«, und: »Oh, nicht mehr schießen.«

Cory versuchte zweimal, ihn etwas zu fragen, dann trat er vor und schlug den Mann nieder. Er lag zuckend und stöhnend und winselnd am Boden und preßte die blutige Hand auf den Mund, wo Cory ihn getroffen hatte.

»Was ist eigentlich los hier?«

Der Mann drehte sich herum und setzte sich auf.

»Ich bin es nicht gewesen!« schluchzte er. »Wirklich nicht. Ich kam daher und hörte die Schüsse und hörte jemand fluchen und einen furchtbaren Schrei und ging hin und guckte und sah den toten Mann und rannte davon, und Sie kamen daher, und ich versteckte mich, und Sie haben geschossen und mich getroffen, und –«

»*Ruhe!*« Der Mann verstummte, als habe man einen Schalter herumgedreht. »Also«, sagte Cory und zeigte auf den Weg. »Sie sagen, da vorne liegt ein toter Mann?«

Der Mann nickte und begann zu weinen. Cory half ihm auf die Beine.

»Gehen Sie den Weg hinunter zu meinem Hof«, sagte er. »Sagen Sie meiner Frau, sie soll Ihre Hand verbinden. Sonst sagen Sie ihr gar nichts. Und warten Sie dort, bis ich komme. Verstanden?«

»Ja. Danke. Oh, vielen Dank. *Hnff.*«

»Gehen Sie schon.« Cory gab ihm einen Stoß in die passende Richtung und ging allein, von kalter Angst erfaßt, den Weg hinauf zu der Stelle, wo er am Abend vorher Alton gefunden hatte.

Er fand ihn auch jetzt dort, und Kimbo dazu. Kimbo und Alton hatten mehrere Jahre miteinander in engster Freundschaft verbracht; sie hatten miteinander gejagt und gekämpft und geschlafen, und das Leben, das einer dem anderen schuldete, war jetzt vorbei. Sie waren miteinander tot.

Es war schrecklich, daß sie auf dieselbe Weise gestorben waren. Cory Drew war ein starker Mann, aber er ächzte und fiel auf der Stelle in Ohnmacht, als er sah, was das faulende Ding aus dem Boden mit seinem Bruder und dem Hund seines Bruders gemacht hatte.

Der kleine Mann in Schwarz eilte den Weg hinunter, wimmernd und die verletzte Hand so haltend, als wünsche er sich eigentlich, damit hinken zu können. Nach einer Weile erstarb das Wimmern, und aus den hastenden Schritten wurde ein normaler Gang, als der ›lallende Schrecken‹ der letzten Stunde verblaßte. Er atmete zweimal tief ein, sagte: »Du meine Güte!« und fühlte sich beinahe normal. Er band ein Taschentuch um sein Handgelenk, aber die Hand blutete weiter. Er versuchte es am Ellenbogen, und da begann sie zu schmerzen. Er stopfte das Taschentuch wieder in die Tasche und wedelte mit der Hand einfach in der Luft herum, bis das Blut gerann. Er sah das große, feuchte Schrecknis nicht, das hinter ihm hertrappte, obwohl er bei dem Gestank die Nase rümpfte.

Das Ungeheuer hatte drei Löcher nahe beieinander in der Brust und ein Loch in der Mitte seiner schleimigen Stirn. Es hatte drei eng beieinander stehende Löcher am Rücken und eines am Hinterkopf. Das waren die Stellen, wo Alton Drews Geschosse getroffen hatten und aus der Masse des ES wieder herausgedrungen waren. Das halbe formlose Gesicht des Monsters war weggeschossen, und an der Schulter hatte ES eine große Vertiefung. Das hatte Alton Drews Gewehrkolben bewirkt, nachdem er mit der Waffe auf das Ding eingeschlagen hatte, das sich nicht hinlegen wollte, nachdem er vier Kugeln hineingefeuert hatte. Als diese Dinge geschahen, war das Ungeheuer nicht verletzt oder zornig. ES fragte sich nur, weshalb Alton Drew sich so verhielt. Nun folgte ES dem kleinen Mann ganz ohne Eile, Schritt für Schritt, während kleine Klümpchen von ihm abfielen.

Der kleine Mann trat aus dem Wald und blieb mit dem Rücken an einem großen Baum stehen, um nachzudenken. Hier war ihm schon genug zugestoßen. Was sollte es nützen, hierzubleiben und sich einer schrecklichen Morduntersuchung zu stellen, nur um diese unsinnige, nichts versprechende Suche fortzusetzen? Irgendwo tief in diesem Wald sollte die Ruine einer uralten Jagdhütte stehen, und vielleicht enthielt sie den Beweis, den er suchte. Aber es war ein unklarer Bericht – unklar genug, um ohne Bedauern vergessen werden zu können. Es wäre der Gipfel der Torheit, den ganzen Kleinstadt-Bürokratismus über sich ergehen zu lassen, der auf diese gräßliche Geschichte im Wald folgen würde. Aus diesem Grund war es lächerlich, dem Rat des Farmers zu folgen, zu seinem Haus zu gehen und dort auf ihn zu warten. Er tat besser daran, in die Stadt zurückzukehren.

Das Monster lehnte an der anderen Seite des hohen Baumes.

Der kleine Mann schnupperte angewidert den plötzlich überwältigenden Fäulnisgeruch. Er griff nach seinem Taschentuch, faßte daneben und ließ es fallen. Als er sich bückte, um es aufzuheben, schwang das Ungeheuer seinen Arm durch die Luft, wo sein Kopf gewesen war – ein Schlag, der ihn mitsamt dem Babygesicht gewiß weggerissen hätte. Der Mann richtete sich auf und hätte das Taschentuch an die Nase gepreßt, wäre es nicht so blutig gewesen. Das Wesen hinter dem Baum hob den Arm wieder, gerade, als der kleine Mann das Taschentuch wegwarf und auf das Feld hinaustrat, querfeldein zu der fernen Straße, die ihn in die Stadt zurückführen würde. Das Ungeheuer stürzte sich auf das Taschentuch, hob es auf, riß es ein paarmal durch und betrachtete die zerfetzten Ränder. Dann blickte ES leer der scheinbar schrumpfenden Gestalt des kleinen Mannes nach, fand sie nicht mehr von Interesse und kehrte zurück in den Wald.

Als Babe die Schüsse hörte, begann sie zu laufen. Es kam darauf an, Onkel Alton vor dem zu warnen, was ihr Vater vorhatte, aber noch interessanter war zu erfahren, was er geschossen hatte. Onkel Alton schoß nie, ohne zu töten. Das war jetzt aber praktisch das erstemal, daß sie ihn so hatte ballern hören. Muß ein Bär sein, dachte sie aufgeregt, stolperte über eine Wurzel und war wieder auf den Beinen, ohne den Sturz überhaupt zu bemerken. Sie hätte zu gern noch ein Bärenfell in ihrem Zimmer gehabt. Wohin damit? Vielleicht konnten sie es einfassen, so daß sie es als Decke verwenden konnte. Onkel Alton konnte sich abends daraufsetzen und ihr vorlesen.– O nein. Nein. Nicht bei dem Streit zwischen ihm und Pa. Wenn sie nur etwas tun könnte? Sie versuchte, schneller zu laufen, voll Sorge und Aufregung, aber ihr ging der Atem aus, und sie wurde statt dessen langsamer.

Oben auf dem Kamm am Waldrand blieb sie stehen und schaute sich um. Tief unten im Tal lag der Südacker. Sie kniff die Augen zusammen, um nach ihrem Vater zu suchen. Die neuen und alten Furchen zeichneten sich deutlich ab, und ihre scharfen Augen entdeckten sofort, daß Cory die Linie mit dem Kultivator verlassen und das Gespann unter die Bäume geführt hatte. Das war nicht seine Art. Sie konnte das Gespann erkennen, und Corys hellblauer Overall war nicht in der Nähe. Sie kicherte leise vor sich hin, als sie daran dachte, wie sie ihren Vater narren würde. Und das leise Lachen übertönte, für sie, das Geräusch von Altons heiserem Sterbeschrei.

Sie erreichte den Weg, überquerte ihn und schlich durch das Gebüsch daneben. Die Schüsse waren hier aus dieser Gegend gekommen. Sie blieb stehen, lauschte ein paarmal und hörte plötzlich etwas schnell auf sich zukommen. Sie ging entsetzt in Deckung, und ein kleiner Mann in Schwarz mit Babygesicht hetzte blindlings an ihr vorbei, die blauen Augen weit aufgerissen, während seine Ledertasche an den Ranken hängenblieb. Sie wirbelte durch die Luft und fiel vor Babe auf den Boden. Der Mann merkte nichts.

Babe blieb einen langen Augenblick liegen, dann hob sie die Tasche auf und verschwand im Wald. Es ging ihr alles zu schnell. Sie wollte Onkel Alton bei sich haben, wagte aber nicht zu rufen. Sie blieb wieder stehen und lauschte angestrengt. Hinten am Waldrand hörte sie die Stimme ihres Vaters und eine andere – wahrscheinlich die des Mannes, der die Tasche hatte fallen lassen. Sie traute sich nicht hinzugehen. Erfüllt von genußreichem Entsetzen, überlegte sie angestrengt und schnippte plötzlich mit den Fingern. Sie und Alton hatten hier oben oft Indianer gespielt; sie verfügten über ein ganzes Repertoire an Geheimsignalen. Sie hatte Vogelrufe geübt, bis sie sie besser konnte als die Vögel selbst. Was nehmen? Ah – Blauhäher. Sie warf den Kopf zurück und erzeugte durch irgendeine kindliche Alchemie ein nervenzerreißendes Kreischen, das jedem Häher zur Ehre gereicht hätte. Sie wiederholte den Ruf ein- und dann noch zweimal.

Die Antwort kam sofort – der Ruf eines Blauhähers, viermal hintereinander, je zweimal. Babe nickte glücklich vor sich hin. Das war das Signal, daß sie sich augenblicklich an ›ihrem Ort‹ treffen wollten. ›Ihr Ort‹ war ein Versteck, das er entdeckt und mit ihr geteilt hatte, sonst wußte keine Menschenseele davon; ein Felswinkel neben einem Bach, nicht weit entfernt. Es war nicht direkt eine Höhle, aber beinahe, jedenfalls in dem Maße, daß sie verlockend wirkte. Babe trabte zufrieden auf den Bach zu. Sie hatte einfach gewußt, daß Onkel Alton sich an den Ruf des Blauhähers und seine Bedeutung erinnern würde.

In dem Baum, der sich über Altons zerfetztem Körper wölbte, saß ein großer Eichelhäher, putzte sich und glänzte in der Sonne. Ganz ahnungslos von der Gegenwart des Todes, Babes realistischen Ruf kaum wahrnehmend, schrie er erneut viermal, je zweimal hintereinander.

Cory brauchte mehr als einen Augenblick, um sich von dem Anblick zu erholen. Er wandte sich ab und lehnte sich schwach und keuchend an eine Tanne. Alton. Das war Alton, der da lag, in – einzelnen Teilen.

»Gott! Gott, Gott, Gott –«

Langsam kehrte seine Kraft zurück, und er zwang sich dazu, sich wieder umzudrehen. Er bückte sich und hob das Gewehr auf. Der Lauf war glänzend und sauber, Kolben und Schaft jedoch mit einem stinkenden, verrotteten Stoff bedeckt. Wo hatte er das Zeug schon gesehen? Irgendwo – egal. Er wischte es zerstreut ab und warf das besudelte Halstuch danach weg. Wieder hörte er Altons Worte – war das erst gestern nacht gewesen? – ›*Dann nehm' ich die Fährte auf, und ich such' weiter, bis ich den gefunden hab', der das mit Kimbo gemacht hat.*‹

Cory suchte zagend, bis er Altons Schachtel mit der Munition fand. Die Schachtel war feucht und klebrig. Auf irgendeine Weise war es dadurch besser. Eine Patrone, feucht von Altons Blut, war genau das richtige. Er entfernte sich ein kurzes Stück, lief herum, bis er tiefe Fußabdrücke fand und kehrte zurück.

»Ich nehm' die Fährte für dich auf«, flüsterte er heiser und fing an. Durch das Gebüsch verfolgte er verbissen die schwankende Spur, erstaunt über die Mengen klumpigen Schimmels, die überall herumlagen, brachte sie schließlich in Verbindung mit dem Ding, das seinen Bruder getötet hatte. Für ihn gab es nichts mehr als Haß. Er verfluchte sich dafür, daß er Alton gestern nacht nicht dazu bewogen hatte, mit ihm heimzugehen, und verfolgte die Fährte bis zum Waldrand. Sie führte ihn zu einem großen Baum, und dort sah er etwas anderes – die Fußabdrücke des kleinen Mannes aus der Stadt. In der Nähe lagen ein paar Stoffetzen und – was war das?

Andere Abdrücke – ganz kleine.

»Babe!«

Keine Antwort. Der Wind seufzte. Irgendwo schrie ein Eichelhäher.

Babe blieb stehen und drehte sich um, als sie in der Ferne die durchdringende Stimme ihres Vaters hörte.

»Hör dir an, wie er brüllt«, murmelte sie fröhlich. »Mensch, ist der wütend.« Sie schickte ihm geringschätzig den Ruf eines Hähers und eilte zu ›ihrem Ort‹.

Er bestand aus einem riesigen Felsblock neben dem Bach. Irgendeine Umwälzung in der Eiszeit hatte ihn gespalten und ein V-förmiges Stück herausgerissen. Der breiteste Teil des Spalts befand sich am Ufer, der schmalste war verdeckt durch Sträucher. Das ergab einen kleinen, deckenlosen Raum, rauh und uneben, voller Schlaglöcher und Aushöhlungen, und trotzdem mit einem recht gleichmäßigen Boden. Das offene Ende reichte bis zum Wasser.

Babe schob das Gebüsch auseinander und starrte in den Spalt.

»Onkel Alton!« rief sie leise. Keine Antwort. Na gut, er würde schon kommen. Sie kroch hinein und ließ sich auf den Boden hinuntergleiten.

Dort gefiel es ihr besonders. Es war schattig und kühl, und der murmelnde Bach füllte den Raum mit wandernden, goldenen Lichtern und lachendem Gegurgel. Sie rief noch einmal, zur Vorsicht, und setzte sich dann auf einen Vorsprung, um zu warten. Erst dann fiel ihr auf, daß sie immer noch die Tasche des kleinen Mannes bei sich hatte.

Sie drehte sie ein paarmal herum und öffnete sie dann. In der Mitte war sie durch eine Ledertrennwand in zwei Hälften geteilt. Auf der einen Seite steckten Papiere in einem großen, gelben Umschlag, in der anderen belegte Brote, ein Schokoladenriegel und ein Apfel. Mit kindlicher Dankbarkeit über das Manna vom Himmel machte Babe sich darüber her. Sie hob ein belegtes Brot für Alton auf, hauptsächlich deshalb, weil sie die scharf gewürzte Bologneser Wurst nicht mochte. Der Rest ergab ein Festmahl.

Sie sorgte sich ein wenig, als Alton nicht erschien, selbst als sie das Apfelkerngehäuse gegessen hatte. Sie stand auf und versuchte, flache Steine über das gurgelnde Wasser hüpfen zu lassen, sie machte einen Handstand, sie versuchte, an eine Geschichte zu denken, die sie sich selbst erzählen konnte, und sie versuchte einfach zu warten. Schließlich machte sie sich in ihrer Verzweiflung wieder über die Tasche her, nahm die Papiere heraus, rollte sich an der Steinwand zusammen und begann zu lesen. Es war jedenfalls eine Beschäftigung.

Ein alter Zeitungsausschnitt berichtete von seltsamen Testamenten. Eine alte Frau hatte einmal demjenigen eine Menge Geld hinterlassen, der die Reise von der Erde zum Mars und zurück hinter sich bringen würde. Eine andere hatte ein Heim für Katzen finanziert, deren Herrchen und Frauchen gestorben waren. Ein Mann hinterließ demjenigen Tausende von Dollar, der als erster ein bestimmtes mathematisches Problem lösen und den Beweis für die Richtigkeit der Lösung erbringen würde. Aber ein Beispiel war blau unterstrichen. Es lautete:

›Eines der seltsamsten, noch gültigen Testamente ist das von Thaddeus M. Kirk, der 1920 gestorben ist. Offenbar erbaute er ein großes Mausoleum mit Grabgewölben für alle Angehörigen seiner Familie. Er sammelte und holte Särge aus dem ganzen Land zusammen, um die Nischen zu füllen. Kirk war der letzte seines Stammes; als er starb, gab es keine Hinterbliebenen. Sein Testament verlangte, daß das Mausoleum stets in gutem Zustand erhalten werden müsse, und eine bestimmte Summe wurde als Belohnung für denjenigen ausgesetzt, der die sterblichen Überreste seines Großvaters Roger Kirk beschaffen könne, dessen Nische noch leerstand. Derjenige, der diese Leiche findet, hat Aussicht, ein beträchtliches Vermögen zu erhalten.‹

Babe gähnte ein wenig, las aber weiter, weil es nichts Besseres zu tun gab. Als nächstes kam ein Geschäftsbrief mit dem Briefkopf einer Anwaltskanzlei. Darin stand unter anderem:

›Auf Ihre Anfrage bezüglich des Testaments von Thaddeus Kirk können wir mitteilen, daß sein Großvater ein Mann von etwa 1,65 m Größe war, der sich einmal den linken Arm gebrochen hatte und in der Schädeldecke eine dreieckige Silberplatte trug. Über den Ort seines Todes liegen keine Informationen vor. Er verschwand spurlos und wurde nach vierzehn Jahren gesetzlich für tot erklärt.

Der Betrag der Belohnung, die im Testament aufgeführt ist, beträgt einschließlich der aufgelaufenen Zinsen jetzt knapp über zweiundsechzigtausend Dollar. Er wird ausbezahlt an denjenigen, der die sterblichen Überreste vorweisen kann, vorausgesetzt, besagte Überreste entsprechen der Beschreibung in unseren Akten.‹

Es kam noch mehr, aber Babe langweilte sich. Sie griff nach dem kleinen, schwarzen Notizbuch. Es enthielt nichts als mit Bleistift geschriebene, stark abgekürzte Aufzeichnungen über Besuche in Bibliotheken, Zitate aus Büchern mit Titeln wie ›Geschichte der Bezirke Angelina und Tyler‹ und ›Geschichte der Familie Kirk‹. Babe warf auch das beiseite. Wo konnte Onkel Alton nur sein?

Sie begann tonlos zu singen: »Tumalumalum-tum, ta ta ta« und tat, als tanze sie ein Menuett mit Reifröcken, wie ein Mädchen, das sie im Film gesehen hatte. Ein Rascheln im Gebüsch am Zugang zu ›ihrem Ort‹ ließ sie verstummen. Sie schaute schnell hinauf und sah, wie es auseinandergeschoben wurde. Schnell lief sie zu einer Nische in der Felswand, gerade groß genug, daß sie sich darin verstecken konnte. Sie kicherte bei dem Gedanken, wie überrascht Onkel Alton sein würde, wenn sie plötzlich heraussprang.

Sie hörte den Neuankömmling die steile Böschung des Spalts herabrutschen und hart auf den Boden landen. Das Geräusch hatte etwas an sich.– Was war es nur? Sie dachte daran, daß es für einen großen Mann wie Onkel Alton zwar mühsam war, sich durch die schmale Öffnung im Gebüsch zu zwängen, sie aber trotzdem kein Keuchen hören konnte. Sie hörte überhaupt keine Atemzüge!

Babe guckte hinaus in die Haupthöhle und quietschte in grenzenlosem Entsetzen auf. Da stand nicht Onkel Alton, sondern die krasse Karikatur eines Mannes: ein riesiges Ding wie eine plumpe Schlammpuppe, ungeschickt geformt. Es wabbelte, und manche Teile glänzten, andere waren trocken und krümelig. Die Hälfte des linken unteren Gesichtsviertels war verschwunden und verlieh ihm ein schiefes Aussehen. Es besaß keinen erkennbaren Mund oder eine Nase, und die Augen waren ungleichmäßig, eines höher als das andere, beide von schmutzigem Braun, ohne jedes Weiß. Es stand ganz still da und starrte sie an, die einzige Bewegung ein gleichmäßiges, unlebendiges Beben.

ES wunderte sich über das seltsame Geräusch, das Babe von sich gegeben hatte.

Babe drückte sich an den Fels, während ihre Gedanken in hilfloser Qual kreisten. Sie öffnete den Mund, um zu schreien, und konnte nicht. Ihre Augen quollen hervor, ihr Gesicht flammte vor würgender Anstrengung, und ihre beiden goldenen Zöpfe zuckten und zuckten, als sie hoffnungslos nach einem Fluchtweg suchte. Wenn sie nur im Freien gewesen wäre – oder in der keilartigen Höhlenöffnung, wo das Ding stand – oder zu Hause im Bett!

Das Ding stapfte auf sie zu, ausdruckslos, mit einer langsamen Unausweichlichkeit, die die Verkörperung alles Entsetzlichen war. Babe lag mit großen Augen erstarrt da, während der Druck des Entsetzens ihre Lunge stillegte und ihr Herz die ganze Welt zu erschüttern schien. Das Monster erreichte den Zugang zu dem kleinen Spalt, versuchte, zu ihr zu gelangen, und wurde aufgehalten. Der Spalt war so schmal, daß sogar Babe alle Mühe gehabt hatte, sich hineinzuzwängen. Das Ding aus dem Wald preßte sich gegen das Gestein, immer heftiger, um Babe zu erreichen. Sie setzte sich langsam auf, dem Ding so nah, daß sein Gestank beinahe greifbar wurde, und wilde Hoffnung brach sich Bahn durch ihre sprachlose Angst. Es konnte nicht herein! Es konnte nicht herein, weil es zu groß war!

Die Substanz seiner Füße breitete sich unter dem enormen Druck langsam aus, und an seiner Schulter erschien ein kleiner Spalt. Er weitete sich, als das Ungeheuer sich fühllos an das Gestein quetschte, und plötzlich löste sich ein großes Stück der Schulter ab, und das Wesen wand sich matschig einen Meter weiter herein. ES lag ruhig da, die schlammigen Augen auf Babe gerichtet, dann hob ES einen dicken Arm über den Kopf und griff hinein.

Babe zwängte sich zwei Zentimeter weiter hinein, was sie nicht für möglich gehalten hatte, die widerliche Faust strich an ihrer Schulter herab und hinterließ auf dem blauen Leinen ihres Hemds eine Schmutzspur. Das Ungeheuer warf sich plötzlich nach vorn, lag jetzt ausgestreckt und überbrückte die letzten, kostbaren zwei Zentimeter. Eine schwarze Hand ergriff einen Zopf, und für Babe erloschen die Lichter.

Als sie zu sich kam, baumelte sie an den Haaren von eben dieser verkrusteten Pfote. Das Ding hob sie hoch, so daß ihr Gesicht und der merkmallose Schädel nicht mehr als dreißig Zentimeter voneinander entfernt waren. ES betrachtete sie mit sanfter Neugier in seinen Augen und schwenkte sie langsam hin und her. Die qualvollen Schmerzen an ihrer Kopfhaut bewirkten, was die Angst nicht erreicht hatte – sie bekam ihre Stimme wieder. Sie öffnete den Mund, füllte ihre kräftige, junge Lunge und begann zu schreien. Sie hielt ihre Stimmbänder in der Stellung des ersten Schreis, und ihr Brustkorb mühte sich und pumpte mehr Luft durch ihre erstarrte Kehle. Schrill und monoton und unglaublich durchdringend waren ihre Schreie.

Das Ding störte sich nicht daran. ES hielt Babe an den Haaren, wie vorher, und beobachtete sie. Als ES von dieser Erscheinung alles erfahren hatte, was ES konnte, ließ ES sie einfach auf den Boden fallen und schaute sich in der offenen Höhle um, die betäubt kauernde Babe nicht beachtend. ES griff hinüber nach der Tasche und riß sie quer zweimal durch, als sei sie aus dünnem Papier. ES sah das belegte Brot, das Babe übriggelassen hatte, hob es auf, zerquetschte es, ließ es fallen.

Babe öffnete die Augen, sah, daß sie frei war, und gerade als das Ding sich ihr wieder zuwandte, hechtete sie zwischen seinen Beinen hindurch und hinaus in das Wasser vor dem Felsen, paddelte hinüber und erreichte schreiend das andere Ufer. Ein grelles Licht höchster Wut gleißte in ihr; sie griff nach einem grapefruitgroßen Stein und schleuderte ihn mit all ihrer Kraft. Er flog tief und schnell und prallte knatschig an den Fußknöchel des Monsters. Das Ding machte gerade einen Schritt auf das Wasser zu; der Stein traf es, als es eben nicht im Gleichgewicht war, und es konnte sich nicht aufrecht halten. Es schwankte einen langen, lautlosen Augenblick am Ufer und klatschte dann in den Bach. Babe rannte ohne einen weiteren Blick zurückzuwenden kreischend davon.

Cory Drew folgte den kleinen Schimmelklumpen, die den Weg

des Mörders markierten, und er war in der Nähe, als er Babes ersten Schrei hörte. Er begann zu laufen, ließ seine Flinte fallen und hielt das Gewehr seines Bruders im Anschlag. Er rannte mit einer so entsetzlichen Panik im Herzen, daß er an dem großen, gespaltenen Felsblock vorbeilief und hundert Meter weit gekommen war, bevor sie aus dem Wasser auftauchte und das Ufer hinauflief. Er mußte spurten wie ein Wilder, um sie einzuholen, denn alles, was hinter ihr sein konnte, war dieses gesichtslose Schreckensbild in der Höhle, und sie existierte nur für den einen Gedanken, von dort fortzukommen. Er fing sie mit den Armen ein und riß sie an sich, und sie kreischte und kreischte unaufhörlich.

Babe sah Cory gar nicht, selbst als er sie an sich preßte und sie beruhigte.

Das Ungeheuer lag im Wasser. ES war weder für noch gegen dieses neue Element. ES lag am Grund, den massiven Schädel dreißig Zentimeter unter der Oberfläche, und ES bedachte forschend die Tatsachen, die ES erlangt hatte. Da war das leise Summen von Babes Stimme, das ES in die Höhle gelockt hatte. Da war das schwarze Material der Tasche, das viel mehr Widerstand leistete als grüne Dinge, wenn ES sie zerfetzte. Da war die kleine Zweibeinige, die sang und ES anlockte, und die schrie, als ES kam. Da war dieses neue, kalte, bewegte Ding, in das ES hineingefallen war. Es spülte seinen Körper fort. Das war noch nie vorgekommen. Das war interessant. Das Ungeheuer beschloß zu bleiben und das Neue zu beobachten. ES spürte keinen Drang, sich zu retten; ES konnte nur neugierig sein.

Der Bach stürzte lachend aus seiner Quelle, lief herab und winkte den Sonnenstrahlen und Rinnsalen und Bächlein, die es speisten. Er gurgelte und spielte mit wehenden kleinen Wurzeln, er stieß die Elritzen und Kaulquappen in seinen winzigen Stauwassern an. Er war ein glücklicher Bach. Als er die stille Stelle am gespaltenen Felsen erreichte, fand er dort das Monster und zerrte an ihm. Er durchtränkte die fauligen Substanzen und glättete und schmolz die Klumpen, und das Wasser unter dem Ding wirbelte dunkel von den aufgelösten Stoffen. Er war ein gründlicher Bach. Er wusch alles, was er berührte, gründlich aus. Wo er Schmutz fand, entfernte er ihn;

und wenn es Schichten um Schichten von Fäulnis gab, dann wurde sie Schicht für Schicht entfernt. Er war ein braver Bach. Das Gift des Monsters störte ihn nicht, er nahm es auf und verdünnte es und verstreute es in kleinen Ringen um Steinblöcke bachabwärts und ließ es zu den Wurzeln von Wasserpflanzen treiben, damit sie grüner und schöner werden konnten. Und das Ungeheuer zerschmolz.

Ich bin kleiner, dachte das Ding. Das ist interessant. Ich könnte mich nicht mehr bewegen. Und jetzt wird dieser Teil von mir, der denkt, auch gleich dahin sein. Er wird gleich aufhören und mit dem Rest des Körpers davontreiben. Er wird aufhören zu denken, und ich werde aufhören zu sein, und auch das ist etwas sehr Interessantes.

So schmolz das Ungeheuer und verschmutzte das Wasser, und das Wasser war wieder sauber und wusch und wusch das Skelett, das ES zurückgelassen hatte. Es war nicht sehr groß, und am linken Arm hatte es einen schlecht verheilten Knoten. Das Sonnenlicht glitzerte auf der dreieckigen Silberplatte im weißen Schädel, und das Skelett war jetzt ganz sauber. Der Bach lachte eine Ewigkeit darüber.

Sie fanden das Skelett, sechs grimmig blickende Männer, die einen Mörder suchten. Niemand hatte Babe geglaubt, als sie Tage später ihre Geschichte erzählte. Tage später deshalb, weil Babe sieben Stunden ohne Pause geschrien und einen ganzen Tag wie eine Tote dagelegen hatte. Niemand glaubte ihr ein Wort, weil ihre Geschichte nur von dem bösen Kerl handelte, und sie wußten, daß der böse Kerl nur ein Ding war, das ihr Vater erfunden hatte, um sie damit zu schrecken. Aber es kam durch sie, daß man das Skelett fand, und die Leute in der Bank schickten den Drews deshalb einen Scheck über mehr Geld, als sie sich je erträumt hatten. Es war tatsächlich der alte Roger Kirk, dieses Skelett, wiewohl man es fünf Meilen von der Stelle entfernt fand, wo er gestorben und im Waldboden versunken war, wo der heiße Schimmel sich um sein Skelett aufgebaut und aufgetaucht war – als Monster.

So besaßen die Drews einen neuen Schuppen und neues, gutes Vieh, und sie stellten vier Leute ein. Aber sie hatten Alton nicht. Und sie hatten Kimbo nicht. Und Babe wachte nachts schreiend auf und ist ganz abgemagert.

Das undurchdringliche Gesicht

Wir mußten an diesem Morgen alle früh aufstehen und waren trotzdem nicht so vernünftig, vom Pokertisch aufzustehen. Wir hatten den seltsamen kleinen Kerl aus der Buchhaltung dazugeholt, den sie Face nannten, damit wir zu viert waren. Von neun Uhr an wurde scharf gespielt – er hielt sich sehr gut. Aber es gab keinen ausgesprochenen Glückspilz in dieser Nacht, und als Harry im Spaß zehn Cent auf zwei Vieren verwettete und Delehanty die Wette annahm, verfiel das Spiel zu einem Gerangel um Mindesteinsätze. Nach einer Weile wußten wir nicht mehr, wer geben mußte, und saßen einfach herum und quatschten.

»Verrücktes Spiel«, meinte Delehanty. »Was hat es für einen Sinn, die ganze Zeit herumzuhocken, wenn am Schluß keiner was gewinnt? Das muß Ihr Einfluß sein, Face. Vorgekommen ist das noch nie. Nach vier Runden geben wir sonst einfach immer Jack unser Geld. Was, Jack?«

Ich grinste.

»Ich bin immer noch in den roten Zahlen, Freund«, sagte ich. »Aber mit Face haben Sie recht, glaube ich. Ich weiß nicht, ob euch das aufgefallen ist, aber der Teufel soll mich holen, ob das mit den Gewinnen nicht genau der Reihe nach gegangen ist – ich, Sie, Face, Harry, wieder ich. Wenn ich zwei gewonnen hab', hat jeder andere auch zwei gewonnen.«

Face hob eine Brauenwölbung, denn Brauen hatte er keine. An seinen Zügen war nichts Bemerkenswertes, außer, daß er nirgends Haare hatte. Die anderen wiesen Bartschatten auf, aber sein Gesicht schimmerte nackt, halb leuchtend. Er war eine letzte Wahl gewesen, aber eine recht gute. Er sprach wenig, beobachtete jeden beiläufig aber genau und schien ein netter Kerl zu sein.

»Das ist Ihnen aufgefallen, was?« sagte er mit voller Tenorstimme.

»Richtig«, sagte Harry. »Wie steht's damit, Face? Was ist das für eine Macht, die Sie beim Pokern haben?«

»Ach, das gehört zu den Dingen, die man so aufschnappt.«

Delehanty lachte.

»Hört euch das an«, sagte er. »Er ist wie der Bergsteiger, der dort, wo er tags vorher geklettert war, einen Vulkan ausbrechen sah. ›Verflixt‹, sagte er, ›warum kann ich nicht aufpassen, wo ich hinspucke?‹ «

Alle lachten, außer Face.

»Ihr glaubt, das sei einfach so zufällig passiert? Wollt ihr es gleich noch mal erleben?«

Das machte der Fröhlichkeit ein Ende. Wir sahen ihn merkwürdig an.

»Wie stellen Sie sich das vor?« fragte Harry.

»Spiel mit Chips«, sagte Face. »Kein Geld, kein Ärger. Wenn ihr wollt, rühre ich die Karten nicht an. Damit es leichter wird, machen wir es so: Gebt vier Runden. Jack wird die erste mit drei Dreien gewinnen, Delehanty die nächste mit drei Vieren. Dann komme ich mit drei Fünfen, und schließlich Harry mit drei Sechsen. Alle Dreierkombinationen werden Herz, Karo, Kreuz sein, in dieser Reihenfolge. Fangen Sie an, Delehanty. Los – mischen Sie, soviel Sie wollen.«

Delehantys Augen waren groß geworden.

»Sie wollen nicht zufällig eine kleine Wette darauf abschließen, hm?« sagte er halblaut.

»Nein. Ich will Ihnen das Geld nicht auf diese Weise abnehmen. Das wäre wie Taschendiebstahl.«

»Sie sind bekloppt, Face«, sagte ich. »Die Wahrscheinlichkeit, daß ein gemischtes Spiel so ausgeht, ist so gering, daß man sie praktisch ausschließen kann.«

»Versucht es mal«, sagte Face ruhig.

Delehanty zählte die Karten sorgfältig, mischte mindestens fünfzehnmal, indem er die Karten ineinanderrauschen ließ, und gab schnell. Die Karten klatschten vor mich hin – ein Bube, mit dem Gesicht nach unten, eine Sechs, und dann – drei Dreien: Herz, Karo, Kreuz, in dieser Reihenfolge. Lange Zeit blieb es still.

»Jack hat's«, stieß Harry dann hervor. »Zeigen Sie mir das Spiel.« Er nahm die Karten an sich und fächerte sie auseinander. »Scheinen in Ordnung zu sein«, sagte er langsam und wandte sich Face zu.

»Jetzt Sie«, sagte Face tonlos.

Harry teilte schnell aus.

»Delehanty soll der Nächste sein, mit drei Vieren – ja?« Ja – genau! Drei Vieren lagen vor Delehanty. Es war zuviel – so konnten die Karten einfach nicht fallen. Wortlos griff ich nach dem Spiel, sammelte ein und warf die Karten über die Schulter. »Macht eine neue Karte auf«, sagte ich. »Jetzt sind Sie an der Reihe, Face.«

»Delehanty soll für mich geben«, sagte Face.

Delehanty teilte wieder aus, ungeschickt diesmal, weil seine Hände zitterten. Das spielte keine Rolle – als er fertig war, lachten Face trotzdem drei Fünfen an.

»Jetzt Sie«, flüsterte Harry mir zu und wandte sich halb vom Tisch ab.

Ich griff nach den Karten und mischte sie drei volle Minuten lang. Ich ließ von Harry abheben, hob selbst noch einmal ab und reichte sie Delehanty zum erneuten Abheben. Ich teilte aus, und Harry hatte das Gewinnblatt, mit drei Sechsen – Herz, Karo, Kreuz.

Delehantys Augen waren jetzt beinahe so groß wie seine Ohren. Er sagte: »Men-schens-kind«, und stützte das Kinn auf die Hände. Ich hatte das Gefühl, er würde gleich weinen oder sonstwas.

»Na?« sagte Face.

»Haben wir mit dem Kerl gepokert?« sagte Harry ins Leere hinein.

Als ich nach langem Suchen meine Stimme wiederfand, fragte ich Face: »He, machen Sie das, wann immer Sie Lust dazu haben, oder überkommt Sie das einfach hier und da?«

Face lachte.

»Jederzeit«, sagte er. »Wollen Sie mal was Hübsches sehen? Mischen Sie und geben Sie jedem von uns verdeckt dreizehn Karten. Dann sehen Sie sich sie an.«

Ich starrte ihn lange Zeit an und begann zu mischen. Dann teilte ich aus. Ich glaube, wir hatten alle ein bißchen Angst davor, unsere Karten aufzuheben. Ich weiß, daß ich mir, als ich die meinen ergriff, vorkam, als hätte mir jemand einen Schlagstock ins Gebiß geknallt. Ich hatte dreizehn Karten, und es waren lauter Pik. Delehanty hatte Karo. Face hatte Herz. Harry hatte Kreuz.

Man hätte im Zimmer eine Wanze niesen hören können, bis

Harry anfing: »Ah, nein. Ah, nein. Ah, nein«, ganz leise, immer wieder, so als versuche er, sich etwas klarzumachen.

»Können da, wo Sie herkommen, alle so etwas?« fragte ich, und Face nickte eifrig.

»Können da, wo Sie herkommen, alle gehen?« gab er zurück. »Oder sehen oder hören oder denken? Klar.«

»Wo kommen Sie nun eigentlich her?« fragte Harry.

»Das weiß ich nicht«, sagte Face. »Ich weiß nur, wie ich hergekommen bin, und das könnte ich euch nicht erklären.«

»Warum nicht?«

»Wie würden Sie einem australischen Buschmann einen Verbrennungsmotor erklären?«

»Man könnte es versuchen«, sagte Delehanty pikiert. »Wir sind ziemlich schlaue Buschmänner, sind wir.«

»Ja«, warf ich ein. »Ich bin bereit, Ihnen den Grips für Ihre Kartentricks zuzugestehen; Sie müßten Verstand genug haben, um uns dies oder jenes zu erklären.«

»Oh – die Karten. Das war ganz einfach. Ich fühlte die Karten, wenn ihr sie gemischt habt.«

»Mit meinen Fingern?«

»Richtig. Wollen Sie einen Beweis haben? Jack, Ihr Kopf juckt ein bißchen auf der rechten Seite, ganz oben, und Sie sind zu faul, um sich jetzt schon zu kratzen. Harry hat an der dritten Zehe rechts einen eingewachsenen Nagel – nicht sehr schlimm, aber vorhanden. Na, was sagen Sie?«

Er hatte recht. Ich kratzte mich. Harry scharrte mit den Füßen und sagte: »Okay, aber was hat das damit zu tun, die Karten so anzuordnen? Angenommen, Sie haben sie wirklich mit unseren Händen gefühlt – was dann?«

Face stellte die Ellenbogen auf den Tisch.

»Was die Anordnung der Karten angeht, so ist das beim Mischen erfolgt. Ihr nehmt mit jeder Hand eine Hälfte des Pakets, biegt sie, laßt sie unter den Daumen hervorrutschen. Wenn ihr den Druck beider Daumen genau genug steuern könnt, fallen die richtigen Karten an die richtige Stelle. Ihr habt alle mindestens viermal gemischt – um so leichter ist es für mich gewesen.«

Delehantys Augen traten wieder hervor.

»Woher haben Sie gewußt, welche Karten an welche Stelle kommen müssen?«

»Ich habe mir die Reihenfolge gemerkt, versteht sich«, sagte Face. »Das habe ich in Varietes sogar bei Leuten eures Schlages gesehen.«

»Ich auch«, sagte Harry. »Aber Sie haben uns immer noch nicht gesagt, wie Sie die Verteilung gesteuert haben. Wenn Sie selbst gemischt hätten, würde ich das noch verstehen, aber –«

»Aber ich *habe* gemischt«, sagte Face. »Ich habe diesen Druck der Daumen gesteuert.«

»Und das Abheben?« warf Delehanty ein, der das Gefühl hatte, ihn endlich in eine Ecke manövrieren zu können. »Als Jack gegeben hat, gab er das Paket Harry und mir zum Abheben.«

»Ich habe nicht nur das Abheben kontrolliert«, sagte Face gelassen, »sondern euch überhaupt erst dazu veranlaßt.«

»Gehen Sie zu«, sagte Delehanty aggressiv. »Kommen Sie uns nicht damit. Wie wollen Sie jemand dazu bringen, das zu tun, was Sie wollen?«

»Skeptischer Bursche, wie?« sagte Face grinsend, und Delehanty stand langsam auf, ging um den Tisch herum, packte Harry bei den Schultern und küßte ihn auf beide Wangen. Harry fiel beinahe vom Stuhl. Delehanty stand schwankend da, und seine Augen drohten aus den Höhlen zu quellen. Plötzlich spuckte er heftig aus.

»Was, zum Henker, hat mich denn dazu gebracht?« wollte er wissen.

»Sehr liebevoll heute, was?« sagte Harry, trotz seiner Überraschung grinsend.

»Zufrieden, Delehanty?« fragte Face.

Delehanty fuhr herum.

»Na, Sie kleiner –« Seine Wut erlosch schlagartig. »Richtig, Face.« Er ging hinüber und setzte sich. Ich hatte den Iren noch nie so zurückstecken sehen.

»Sie haben ihn dazu gebracht?« fragte ich.

Face sah mich ernsthaft an.

»Zweifel?«

Unsere Blicke kreuzten sich kurz, und dann schoben sich meine Beine unter mir zusammen. Ich hatte den perversen Drang, auf allen vieren zu kriechen und zu bellen wie ein Hund. Das erschien mir das Natürlichste der Welt. Ich sagte schnell: »Durchaus nicht, Face, durchaus nicht!« Meine Beine erschlafften.

»Sie sind der verdammteste Kerl, den ich je gesehen habe«, sagte Harry. »Was für ein Mensch sind Sie überhaupt?«

»Ein ganz normaler Mensch mit einem Posten«, sagte Face und sah Delehanty an.

»Bin ich auch«, sagte Harry, »aber bei mir machen die Karten nicht Männchen, und doofe Iren werden bei ihren Kameraden nicht schnuckelig.«

»Lassen Sie sich davon nicht stören«, meinte Face. »Ich sagte schon – daran ist nichts Bemerkenswerteres als am Gehen, Sehen oder Hören. Ich bin damit geboren, das ist alles.«

»Sie sagten, alle wären es, da, wo Sie herkommen«, erinnerte ihn Harry. »Jetzt mal heraus damit. Wo genau kommen Sie her?«

»Geographisch gesehen, nicht sehr weit von hier«, sagte Face. »Chronologisch von verdammt weit her.«

Harry sah leer zu mir herüber.

»Was heißt das alles?«

»Soviel ich beurteilen kann«, sagte Face, »heißt es genau das, was ich gesagt habe. Ich komme direkt von hier – vielleicht fünfzig Meilen weit – aber der Ort, von dem ich komme, ist über dreißigtausend Jahre entfernt.«

»Jahre *entfernt*?« fragte ich, schon nicht mehr fähig, mich über irgend etwas zu wundern. »Sie meinen ›her‹, nicht wahr?«

»Entfernt«, wiederholte Face. »Ich bin die Dauer entlanggekommen, nicht durch die Zeit selbst.«

»Klingt sehr hübsch«, murmelte Delehanty zu einem Royal Flush, den er sich selbst zusammengestellt hatte.

Face lachte.

»Dauer ist nicht die Zeit – sie verläuft parallel dazu. Dauer ist eine Dimension. Eine Dimension ist im Grunde ein Maß auf einer Existenzebene. Damit meine ich, daß jeder beliebige Gegenstand vier Dimensionen hat, und diese dehnen sich in endlicher Weise auf vier Ebenen aus – Länge, Breite, Höhe, Dauer. Die letzte unterscheidet sich nicht von den anderen, noch ist sie weniger greifbar. Man nimmt sie einfach als gegeben hin.

Wenn man beispielsweise einen Balken bestellt, nennt man seine

Maße. Man sagt, man will ein Stück Holz, fünf mal fünfzehn, drei Meter sechzig lang. Man bestellt nicht seine Dauer; man unterstellt einfach, daß es sich in dieser Dimension lang genug ausdehnt, um den Anforderungen zu entsprechen. Man würde besser bauen, wenn man sie genauso sorgfältig messen würde wie die anderen, aber eure Lebensspanne ist zu kurz für euch, als daß ihr euch darüber große Gedanken machen würdet.«

»Ich glaube, das verstehe ich«, sagte Harry, der aufmerksam zugehört hatte, »aber was meinen Sie, wenn Sie sagen, Sie wären die Dauer entlanggekommen?«

»Wieder genau das, was ich sage. Man kann nicht in Bewegung sein, ohne sich entlang der Dimensionsebene zu bewegen. Wenn man die Straße hinuntergeht, bewegt man sich ihre Länge entlang. Wenn man mit einem Lift nach oben fährt, bewegt man sich die Höhe entlang. Ich bin die Dauer entlanggekommen.«

»Sie meinen, Sie haben sich in die vierte Dimension versetzt?« fragte Harry.

»Nein!« sagte Face heftig und schnaubte. »Ich sage doch – Dauer ist eine Dimension, nicht eine zweite Dimensionsgruppe. Könnt ihr euch in die Länge oder Höhe oder in irgendeine einzelne Dimension versetzen? Natürlich nicht! Die vier sind voneinander abhängig. Das Gewäsch von der vierten Dimension, das man liest, ist reiner Unfug. Die vierte Dimension hat nichts Rätselhaftes. Sie ist keine ungreifbare Welt. Sie ist eine Maßgrundlage.«

»Und was ist diese Sache, daß Sie an ihr entlanggereist sind?«

Face breitete die Hände aus.

»Wie schon erwähnt, die Dauer ist endlich. Angenommen, Sie wollen von der Third Street zur Fifth Street. Zuerst suchen Sie sich einen Gehsteig, der Sie in die gewünschte Richtung führt. Dem folgen Sie, bis er aufhört. Dann suchen Sie einen, der Sie zu Ihrem Ziel bringt. Wo der eine aufhört und der andere anfängt, ist die Fourth Street. Wenn Sie nun zwanzig Straßen weit wollen, statt nur zwei, wiederholen Sie das Ganze einfach, bis Sie da sind, wo Sie hinwollen.

Reisen die Dauer entlang ist genau das gleiche. So, wie Sie an einer bestimmten Stelle ihrer Länge eine Straße betreten, begegnen Sie an einem bestimmten Punkt ihrer Dauer einem Gegenstand auf der Straße. Vielleicht ist er am Anfang, vielleicht am Ende. Man folgt ihr diese Dimension entlang – man versetzt sich nicht hinein. Alle Gegenstände haben zwei Endpunkte in der Dauer – Beginn und Zerstörung. Man reist entlang der Dauer eines Gegenstandes, bis er neben einem aufhört zu existieren, weil man das Ende erreicht hat – oder seinen Anfang. Dann macht man sich daran, einen anderen Gegenstand zu finden, damit man in derselben Richtung weitergehen kann, genauso, wie Sie sich daran gemacht haben, bei dem kleinen Spaziergang durch die Stadt ein anderes Trottoir zu finden.«

»Hol mich der Teufel«, sagte Delehanty. »Ich kann das verstehen!«

»Ich auch«, sagte Harry. »Bisher. Aber wie sind Sie die Dauer entlang genau gereist? Ich kann mir, zum Beispiel, vorstellen, daß man an der Länge eines Gebäudes entlanggeht, aber ich kann mich nicht sehen, wie ich neben... äh... ›wie lange es gedauert hat‹ hergehe, wenn Sie wissen, was ich meine. Oder weiß *ich* überhaupt, was ich meine?«

»Sie kommen jetzt auf etwas, das vielleicht ein bißchen schwer zu erklären ist«, sagte Face. »Ihr habt wenige Ausdrücke in eurer Sprache, die das ausdrücken könnten. Am deutlichsten kann ich es vielleicht so darstellen: Meine Fähigkeit, in dieser bestimmten Richtung zu reisen, ist die Folge meiner Fähigkeit, sie wahrzunehmen. Wenn man nur zwei Dimensionen wahrnehmen könnte, Länge und Breite, tappte man völlig im dunkeln über die Herkunft eines Gegenstandes, der von oben auf einen herabfiele. Wenn man die Entfernung von hier zur Tür nicht fühlen könnte – wenn man nicht wüßte, daß die Tür existiert, und die Entfernung zu ihr nicht kennte, würde man den Weg nicht zurücklegen können. Ich kann die Dauer so gut entlang sehen, wie Sie eine Straße hinauf- und hinunterblicken können. Ich kann mich ebenso leicht an ihr entlang fortbewegen.«

»Bleiben Sie an einem Ort, während Sie die Dauer zurücklegen?« fragte ich plötzlich.

»Das kann ich. Ich muß aber nicht. Man kann vorwärts und rückwärts gehen, während man nach links einen Bogen macht, nicht? Das kann man mischen, wie man will.«

Harry meldete sich zu Wort.

»Sie sagen, Sie seien dreißigtausend Jahre weit gekommen. Wie ist das möglich? Sie sehen nicht so aus, als wären Sie viel älter als ich.«

»Bin ich auch nicht«, sagte Face, »nicht nach den Jahren, die ich existiert habe. Das heißt, ich habe diese Jahre nicht gelebt, sondern bin an ihnen – vorbeigegangen.«

»Wie lange haben Sie dazu gebraucht?«

Face lächelte.

»Ihre Frage ist unsinnig, Harry. ›Wie lange‹ ist ein Ausdruck der ›Dauer‹. Er enthält einen Zeitablauf, also eine bequeme Falschheit. Die Zeit ist statisch, die Gegenstände bewegen sich. Ich kann einen wahren Zustand nicht auf der Grundlage eines falschen Begriffes erklären.«

Harry verstummte. Ich fragte etwas, das mich gestört hatte.

»Wo sind Sie hergekommen, Face, und – warum?«

Er sah mich durchdringend an und zog die Brauenwölbung ein wenig hoch.

»Ich bin gekommen – ich bin geschickt worden. Ich kann, weil ich für die Aufgabe qualifiziert war, ich bin geschickt worden, weil – nun, einer mußte hergeschickt werden, um das Gleichgewicht der City wiederherzustellen.«

»Welcher City?«

»Das weiß ich nicht. Sie hatte einen Namen, nehme ich an, aber er ist in Vergessenheit geraten. Es bedurfte keines Namens. Geben Sie Ihrer Zahnbürste einen Namen oder Ihrem Bettlaken oder sonst irgendeinem Gegenstand, der Ihr ganzes Leben lang fast ein Teil von Ihnen gewesen ist? Niemand hat die City je verlassen, niemand ist je dort angekommen. Es gab andere Citys, aber niemand scherte sich um sie, wo sie waren, wo ihre Bewohner waren, wie sie waren und so weiter. Man brauchte das nicht zu wissen. Die City war unabhängig und völlig autark. Es war der endgültige Staat. Es war keine Demokratie, denn jedes Individuum war gänzlich der City unterworfen. Aber es war keine Diktatur, wie Sie sie kennen, denn es gab keine Diktatoren. Es gab überhaupt keine regierende Körperschaft. Man brauchte sie nicht. Es gab keine Gesetze als jene von Brauch und Gewohnheit. Alles ging seinen glatten Gang, weil alle inneren Reibungsflächen durch das Werk der Jahrhunderte glattgeschliffen waren. Es war eine anarchistische Gesellschaft im wahren Sinne des

Wortes Anarchismus – Gesellschaft ohne die Notwendigkeit von Herrschaft.«

»Das gibt es nicht«, sagte Harry, der den Ruf eines kleinen Kneipensoziologen genoß.

»Ich bin aus dieser City gekommen«, erinnerte ihn Face ruhig. »Warum gibt es das nicht? Sie müssen bestimmte Dinge berücksichtigen, bevor Sie sich so vorschnell äußern. Ihre menschliche Natur ist gegen eine solche Organisation. Ihre Menschen wären bei einer solchen Einrichtung wie verirrte Schafe – oder vielleicht verirrte Wölfe. Aber meine Leute sind nicht so gewesen – nicht nach Jahrhunderten der Aufzucht im Hinblick auf die wünschenswertesten Eigenschaften, ein beschränktes Leben lebend, stereotype Gedanken denkend. Stellen Sie sich das vor, wenn Sie können.

Die Stadt war nun in zwei Hälften geteilt, wie die Hälften eines großen Gehirns. Für jeden Toten gab es eine Geburt, für jeden Verlust einen Gewinn oder einen gleichen Verlust auf der anderen Seite. Die Gleichung stimmte, die Waagschalen blieben im Gleichgewicht. Die City war ewig, unerbittlich, unsterblich und statisch.«

»Was fingen sie mit ihrer Freizeit an?« fragte Harry.

»Sie lagen in ihren Zellen, bis sie gebraucht wurden.«

»Gab es keine Theater, Fußballspiele – nichts von diesen Dingen?« fragte Delehanty.

Face schüttelte den Kopf.

»Belustigung ist für die Entspannung eines unvollkommenen Gemüts«, sagte er. »Ein Gehirn, das dafür ausgebildet ist, eines und nur eines zu tun, braucht keine Stimulierung oder Abwechslung.«

»Warum war die City so groß?« fragte Harry. »Du lieber Himmel, eine solche Zivilisation hat doch gar keinen *Sinn.* Warum behilft man sich nicht ganz mit Maschinen? Warum alle diese Menschen behalten, wenn sie doch leben müssen wie Maschinen?«

Face zuckte die Achseln.

»Als die Stadt eingerichtet wurde, gab es eine Bevölkerung dieser Größe, die berücksichtigt werden mußte. Damals hatte sie eine starre menschliche Regierung, und es gab Verbrechen, Strafe, Schmerz und Glück. Nach wenigen Generationen waren sie beseitigt – sie waren nicht logisch, verstehen Sie, und die City war nach der Philosophie entworfen, daß, was nicht logisch ist, auch nicht gebraucht wird. Inzwischen war die City schon von ihren eigenen Traditionen zu durchdrungen; es gab niemanden mehr, der eine so radikale Veränderung wie die Verminderung der Bevölkerung hätte bewirken können. Die City konnte für so viele sorgen – gleichermaßen konnte sie nicht so existieren, wie sie war, wenn sie nicht für so viele sorgte. Viele menschliche Ämter wurden beseitigt, weil Automaten an ihre Stelle traten. Eines davon war das des Bevölkerungskontrolleurs. Die Maschinen kümmerten sich jetzt darum – sie und die unzerreißbaren Bräuche.«

»Mensch!« entfuhr es Delehanty. »Das wäre nichts für mich. Warum haben die Leute nicht alles umgestürzt und für ein wenig Spaß in ihrem Leben gesorgt?«

»Sie wollten ihn nicht!« sagte Face, so, als wiederhole er etwas Selbstverständliches und wundere sich darüber, dazu gezwungen zu sein. »Sie kannten diese Art von Leben nicht, sie hörten, lasen oder sahen nie etwas davon. Sie hatten so wenig den Wunsch, dergleichen Dinge zu tun, wie Sie, im Sandkasten Kuchen zu backen! Sie waren nicht darauf eingerichtet, es zu genießen.«

»Sie haben uns immer noch nicht gesagt, warum Sie dort weggegangen sind«, erinnerte ich ihn.

»Dazu komme ich eben. In der City bestand eine Notwendigkeit zur Verfolgung gewisser Erkenntnisse, als Sicherheitsvorkehrung gegen die Zeit, wenn die eine oder andere der Maschinen von einem Menschen neu gebaut werden mußte, der sich damit auskannte.

Einer dieser Experten war ein Altertumsforscher namens Hark Vegas, was eigentlich kein Name ist, sondern eine Verbindung von Lauten, die eine Nummer bezeichnen. Sein Gebiet war die Geschichte – die Entwicklung alles dessen, was um ihn war, von den frühesten aufgezeichneten Mythologien und darüber hinaus bis zu den Quellen. Im Interesse der City widmete er sich seiner Arbeit so, daß er bestimmte Unwägbarkeiten entdeckte – historische Strömungen, die weder logisch waren noch sich in Übereinstimmung mit den Aufzeichnungen befanden. Sie waren vielleicht nicht von Bedeutung, aber ihr Vorhandensein verhinderte die Vervollkommnung seines Verständnisses. Der einzige Weg, wie er diese unwichtigen Dinge entwirren konnte, bestand darin, sie persönlich zu untersuchen. Und das tat er dann auch.

Er wartete, bis sein Nachfolger gründlich ausgebildet war, damit die City im Falle eines Falles nicht für längere Zeit ohne einen Altertumsforscher war, und er studierte gründlich die Aufzeichnungen über die Gebräuche in der City. Sie untersagten jedem Bürger, die Stadt zu verlassen, und beschrieben deren Grenzen genau. Sie waren jedoch schon so alt, daß sie versäumten, die Grenzen entlang der Dauer-Dimension zu bestimmen, da die Wahrnehmung der Dauer erst eine Entwicklung der letzten vier- oder fünftausend Jahre gewesen war. Als Altertumsforscher war Hark Vegas mit der Technik vertraut. Er bewegte sich entlang der Dauer eines metallischen Fragments hinaus und verschwand so aus der Stadt.

Dieses unerhörte Ereignis nun störte das zeitlose Gleichgewicht der City, denn Hark Vegas war nirgends aufzufinden. Binnen Sekunden nach seinem Verschwinden erreichte die Nachricht davon die andere Hälfte der Stadt und die dortige Gruppe von Spezialisten.

Aus mehreren Gründen war ich sofort betroffen. Erstens war mein Gebiet – verdammt, in eurer Sprache gibt es noch kein Wort dafür. Es ist eine Mentalwissenschaft, die mit Zeitwahrnehmungen zu tun hat. Jedenfalls war ich der einzige, dessen Fachgebiet es ihm gestattete zu folgern, wohin Hark Vegas verschwunden war. Zweitens war Hark Vegas mein Zeitgenosse in der anderen Hälfte der City. Wir würden beide binnen einer Woche ersetzt sein, aber während dieser Woche gab es in meiner Hälfte der Stadt einen zu viel, in seiner Hälfte einen zu wenig – ein unerträglicher, absolut beispielloser Zustand. Es gab nur eine Möglichkeit, da ich qualifiziert war, nämlich, ihn zu finden und zurückzubringen. Wenn ich fortging, würde das Gleichgewicht wiederhergestellt sein; wenn es mir gelang, ihn zu finden, würde unsere Rückkehr es nicht beeinflussen. Es war, wie gesagt, die einzige Möglichkeit, denn der Status quo mußte unter allen Umständen aufrechterhalten werden. Ich besorgte ein Stück von dem Metall, das er verwendet hatte – eine leichte Sache, weil alles in der City katalogisiert war –, und machte mich auf den Weg.«

Face verstummte und zündete sich eine Zigarette an. Mir war aufgefallen, daß er mit viel größerem Genuß rauchte als jeder andere, der mir bislang begegnet war.

»Na«, sagte Harry ungeduldig, »haben Sie ihn gefunden?«

Face lehnte sich in einer Wolke blauen Rauchs zurück und starrte verträumt an die Decke.

»Nein«, sagte er. »Und ich will Ihnen sagen, warum nicht.

Ich stieß auf eine Eigenschaft der Dimensionen, die so überaus simpel war, daß sie mir beinahe entgangen wäre. Ich will Ihnen ein Beispiel geben. Wie viele Seiten hat ein Würfel?«

»Sechs«, sagte Harry sofort.

Face nickte.

»Genau. Läßt man die Dauer-Dimension beiseite, ist der Würfel ein dreidimensionaler Körper mit sechs Seiten. Als Manifestation jeder Dimension gibt es *zwei* Seiten. Ich glaube, das war mir entgangen. Es gibt nämlich vier Dimensionen, aber acht – *Richtungen!*« Er machte eine Pause, während wir drei unsere Stirn runzelten und zu begreifen versuchten. »Rechts und links«, sagte er. »Oben und unten. Vorwärts und rückwärts und ›beginnwärts‹ und ›endwärts‹ – die beiden Richtungen in der Dauer-Dimension!«

Delehanty hob langsam den Kopf.

»Sie meinen, Sie – wußten nicht, in welche Richtung Sie sich wenden sollten?«

»Sehr richtig. Ich betrat das Dauer-Feld und schlug blind die falsche Richtung ein! Ich ging so weit, wie ich vermutete, daß Hark Vegas gegangen war, und blieb stehen, um mich umzusehen. Ich fand mich in einer so verwirrenden, tumultuarischen, chaotischen Welt, daß ich einfach nicht über das geistige Rüstzeug verfügte, um ihr gewachsen zu sein. Ich mußte den Rückzug an einen verlassenen Ort antreten und es erst entwickeln. Ich kam in Ihre Welt – hierher, vor etwa acht Jahren. Und als ich glaubte, mich in den Gebräuchen dieser Welt zurechtfinden zu können, verließ ich mein Versteck und begann mit der Suche. Sie endete fast so schnell, wie sie begonnen hatte, denn ich hörte auf zu suchen!

Wissen Sie, was mir zugestoßen ist? Ist Ihnen klar, daß ich nie zuvor Farbe oder Bewegung oder Streit gesehen habe, nie Liebe, Haß, Lärm, Durcheinander, Wachstum, Tod, Gelächter? Können Sie sich vorstellen, mit welcher Freude ich das erstemal eine Rauferei auf der Straße erlebte, eine Verkehrsstauung, einen Streik? Vielleicht hätte ich entsetzt sein sollen – aber noch nie hatte ich solch herrliche Wunder gesehen, solch großartige, profunde und bewegende Ereignisse. Ich stürzte mich hinein. Ich wurde einer von Ihnen. Ich wurde Buchhalter und unterdrückte jene Kräfte, die auf dieser Erde allein ich besaß, bemüht um ein Leben als Mensch auf gleicher Stufe mit allen anderen Menschen. Sie können sich meine Freude und mein Vergnügen nicht vorstellen! Ich mache einen Fehler bei meinen Buchungen, und die City – diese City stört sich nicht daran, leidet nicht darunter, sondern macht unbesorgt weiter. Meine Verantwortung betrifft mich allein, und ich trotze meinen gußeisernen Gebräuchen und lache dabei. Ich lebe hier, verstehen Sie? Ich lebe! Zurückgehen? Ha!«

»Farben«, murmelte ich. »Lärm und glücklicher Schmutz und Leid und Schreie. Sie sind also – *auch* davon verzaubert worden?«

Faces Lächeln wurde langsam breiter und verschwand plötzlich. Er starrte mich fast eine ganze Minute an und glich dabei einer Alabasterstatue. Dann streckte er gleichsam die agilen Fühler seines Geistes aus und begegnete den meinen. Wir umklammerten einander so, und die Aura unserer Kräfte rings um uns ließ zwei Menschen verstummen.

»Hark Vegas«, sagte er tonlos.

Ich nickte.

Er richtete sich auf, atmete tief ein, warf den Kopf zurück und lachte.

»Dieser gigantische Witz«, sagte er und wischte sich die Augen, »hat achtunddreißigtausend Jahre gebraucht. Freut mich sehr – Jack.«

Dann gingen wir. Harry und Delehanty erinnern sich an nichts als an einen Pokerabend.

Äther-Intelligenzen

Es war ›Die Muschel‹. Natürlich *mußte* es ›Die Muschel‹ sein. Zuerst schrieb ich eine Kurzgeschichte darüber, aber sie wurde abgelehnt. Dann machte ich eine Novelle daraus und schließlich einen Roman. Dann eine superkurze Geschichte. Schließlich einen Dreizeilengag. Aber verkaufen ließ sich das immer noch nicht. Es wurde eine Art Fetisch bei mir daraus, ›Die Muschel‹ umzuschreiben. Nach einiger Zeit gewöhnten sich die Lektoren so daran, daß sie beim ersten Blick ablehnten. Ich hatte allein von diesem Produkt so viele Ablehnungsbriefe, daß ich im Haus von Morgen jedes Zimmer hätte tapezieren können. Als ich sie dann an den Mann brachte – na, das war so, als wäre ein Freund gestorben. Es war ein Schlag für mich. Ich war tief getroffen.

Zu der Zeit war es ein Theaterstück. Aber viel hatte ich nicht verändert. Immer noch dieselbe leichte, flotte Studie, die alte ›Muschel‹-Geschichte von zwei Kindern, die aufwachsen und sich im Laufe der Jahre nur dreimal sehen, und von einer kleinen Muschel, die bei jeder Begegnung den Besitzer wechselt. Die Fabel, falls vorhanden, spielt keine Rolle. Der Dialog war, nun ja – larmoyant. Naiv. Arglos. Sehr hübsch, und praktisch gefeit gegen jede Annahme. Aber sie traf zufällig bei einem ernsthaften jungen Lektor für Associated Television GmbH. ein, wo man etwas in dieser Länge suchte, das unter ›künstlerisch‹ laufen konnte; etwas, das beim Zuschauer nicht allzuviel Gehirnarbeit verlangte, damit besagte Zuschauer sich entspannen und die neue Stereotechnik der Fernsehübertragung schätzenlernen konnten. Man weiß ja. Larmoyant.

Als ich mich in meinem uralten Lehnstuhl an diesem Abend zurücklehnte und die stromlinienförmige Version meines Geistesproduktes verfolgte, mußte ich bewundern, wie sie es darboten. Stellenweise war sie beinahe gut, diese ›Muschel‹. Und für die Gelegenheit auch sehr passend. Es war ein Einstundenprogramm, von Associated kostenlos an eine Parfümfabrik abgegeben, um die neue Farbübertragung als Werbeträger auszuprobieren. Mir gefielen die ersten beiden Akte, auch wenn ich das selbst sage. Den ersten Stich bekam ich nach der Hälfte. Es war ein Zweiminutensketch für den Werbespot.

Ein hochgewachsenes, elegantes Paar stand auf Marmorstufen in einem prächtigen Theaterfoyer. Sagt sie zu ihm: »Und wie gefällt Ihnen das Stück?«

Sagt er zu ihr: »Es stinkt.«

Ganz einfach so. Wie jeder Fernsehzuschauer war ich daran gewöhnt, kaum, wenn überhaupt, auf einen Werbespot zu achten. Das riß mich jedenfalls in meinem Stuhl hoch. Immerhin war das mein Stück, auch wenn es ›Die Muschel‹ war. Das durften sie mir eigentlich nicht antun.

Aber das Mädchen, das kokett aus meinem Fernsehgerät lächelte, schien das nicht zu stören. Sie sagte süß: »Das finde ich auch.«

Er blickte sentimental in ihre Augen. Er sagte: »Das gilt auch für Sie, meine Liebe. Was *ist* das nur für ein Parfüm, das Sie verwenden?«

»*Doux Rêves* von Berbelot. Was halten Sie davon?«

Er sagte: »Sie haben gehört, was ich über das Stück gesagt habe.«

Auf den Rest des Dialogs, die Stationsansage und Akt Drei wartete ich nicht mehr. Ich ging zu meinem Bildsprecher und wählte die Nummer von Associated. Ich war außer mir. Als die hübsche Telefonistin auf dem Schirm erschien, knurrte ich: »Geben Sie mir Griff. Aber flott!«

»Mr. Griffs Leitung ist belegt, Mr. Hamilton«, trällerte sie. »Bleiben Sie dran, oder soll ich zurückrufen?«

»Lassen Sie das, Dorothe«, schrie ich. Dorothe und ich waren gemeinsam auf die Oberschule gegangen; tatsächlich hatte ich ihr den Posten bei Griff verschafft, der Chefdramaturg bei Associated war. »Ist mir egal, wer mit Griff spricht. Unterbrechen Sie, und stellen Sie mich durch. Das kann er mir nicht antun. Ich prozessiere, das werde ich tun. Ich ruiniere die Gesellschaft. Ich –«

»Immer mit der Ruhe, Ted«, sagte sie. »Was ist denn auf einmal los mit allen Leuten? Wenn Sie es unbedingt wissen müssen, der Gesprächspartner von Griff ist der alte Berbelot persönlich. Er scheint Associated auch verklagen zu wollen. Was ist los?«

Inzwischen konnte ich kaum noch verständlich reden.

»Berbelot, wie? Den verklage ich auch. Der Halunke! Der drekkige – Worüber lachen Sie?«

»Er möchte *Sie* verklagen!« kicherte sie. »Und ich wette, Griff wird es auch tun, um Berbelot zu beschwichtigen. Das könnte wirklich lustig werden, wissen Sie!« Bevor ich das schlucken konnte, stellte sie zu Griff durch.

Als er sich meldete, wischte er sich die dicken Hängebacken mit einem Taschentuch.

»Na?« sagte er mit schwankender Stimme.

»Was bilden Sie sich ein!« brüllte ich. »Wie kommen Sie auf die Gemeinheit, mein Stück im Werbespot schlechtzumachen? Wer ist überhaupt auf die Idee gekommen? Berbelot? Was, zum –«

»Also, Hamilton«, sagte Griff ruhig, »regen Sie sich nicht so auf.« Ich sah, daß seine Hände zitterten – offenbar hatte der alte Berbelot hart zugeschlagen. »Es ist nichts Ungehöriges passiert. Sie müssen sich irren. Ich versichere Ihnen –«

»Sie aufgeblasener Alter«, knurrte ich und verzichtete auf ein tolles Zweidollar-Wort für ihn, »nennen Sie mich nicht einen Lügner. Ich habe mir das Programm angesehen und weiß genau, was ich gehört habe. Ich werde Sie verklagen. Und Berbelot dazu. Und wenn Sie die Verantwortung den Schauspielern in dem Sketch zuschieben, verklage ich die auch. Und wenn Sie noch einmal behaupten, daß ich mich geirrt hätte, komme ich hin und füttere Sie mit Ihren eigenen Zähnen. Und dann verklage ich Sie persönlich ebenso wie Associated.« Ich legte auf und ging wutentbrannt zu meinem Fernsehapparat zurück. Das Programm lief weiter, so, als sei nichts geschehen. Als ich abkühlte – und ich kühle langsam ab – sah ich, daß die zweite Hälfte der ›Muschel‹ noch besser war als die erste. Man weiß ja, es ist Gift für einen Schriftsteller, sich in seine eigenen Arbeiten zu verlieben, aber, bei Gott, manchmal schreibt man etwas, das wirklich funkt. Man versucht, kritisch zu sein, und es geht nicht. So war es bei der Ponta-Delgada-Szene in ›Die Muschel‹.

Das Mädchen unternahm eine Kreuzfahrt, und der junge Mann befand sich auf einem Ausbildungsschiff. Sie trafen sich auf den Azoren. Sehr rührend. Das letztemal hatten sie sich als Kinder gesehen, aber in der Zwischenzeit hatten sie ihre Träume gehabt. Klar? Ein Pastell. Und sie machten es wirklich hübsch. Die Aufnahmen von Ponta Delgada und der Azorenlandschaft waren prima. Kam, nach vier Minuten Dialog der Augenblick, als er sie betrachtete und das Licht wahrer, reifer Liebe auf seinem jungen Gesicht dämmerte.

Sie sagte scheu: »Nun –«

Und sein Text, wie geschrieben – was ich ja wissen mußte! – lautete: »Rosalind ... du bist es also wirklich? Oh, ich fürchte« – er umfaßt ihre Schulter – »fürchte, daß es nicht wahr sein kann. So oft habe ich jemanden gesehen, der dir glich, aber nie war es so ... Rosalind, Rosalind, Schutzengel, Daseinsgrund, geliebte ... geliebte –« Clinch.

Wie gesagt, das lief alles ab, wie geschrieben, bis hin zum Clinch, und den eingeschlossen. Aber dann kam das Entscheidende. Er löste die Lippen von ihr, vergrub sein Gesicht in ihrem Haar und sagte klar und deutlich: »Ich hasse dich, du –« Und dieses »–« war einer der ordinärsten Ausdrücke, die es überhaupt gab.

Was danach genau passierte, könnte ich nicht sagen. Ich bin wohl ausgeflippt. Ich verstreute ein Fernsehgerät im Wert von fünfhundertfünfzig Dollar in allen drei Räumen meiner Wohnung. Als ich zu mir kam, fegte ich in einem U-Bahn-Expreß zu dem dreihundertstöckigen Wolkenkratzer der Associated Television. Nie habe ich einen dieser Expreßwagen, mit Druckluft in Röhren unter der Stadt angetrieben, so langsam fahren sehen, aber vielleicht bildete ich mir das auch nur ein. Wenn es nach mir ging, würde es da oben einen toten Chefdramaturgen geben.

Und auf wen sollte ich im 299. Stockwerk stoßen, wenn nicht auf den alten Berbelot persönlich? Der Parfümkönig hatte Mord im Blick. Durch den Wutnebel, der mich umgab, begann ich zu begreifen, daß es für Griff sehr unangenehm werden würde. Und ich war fest entschlossen mitzuhelfen, so gut ich konnte.

Berbelot sah mich im gleichen Augenblick und schien meine Gedanken zu lesen.

»Los«, sagte er kurz, und gemeinsam absolvierten wir den Spießrutenlauf zwischen Sekretärinnen und Assistenten und stürzten in Griffs Büro.

Griff stand auf und versuchte, mit geringem Erfolg, würdig zu wirken. Ich sprang über Griffs gläsernen Schreibtisch und preßte die Flügel seines modischen offenen Kragens zusammen, bis er zu quietschen begann.

Berbelot schien es zu genießen.

»Bringen Sie ihn nicht um, Hamilton«, sagte er nach einer Weile. »Das möchte ich tun.«

Ich ließ den Dramaturgen los. Er sank ächzend auf den Boden. Er glich einem verängstigten Kind, in mehr als einer Beziehung. Es war komisch.

Wir ließen ihn zu Atem kommen. Er raffte sich auf, setzte sich an seinen Schreibtisch und griff nach einer Batterie von Drucktasten. Berbelot packte ein Dowmetall-Messer und hieb brutal nach der dicklichen Hand. Griff zog sie zurück.

»Darf ich den Grund für diese unprovozierte Rüpelhaftigkeit erfahren?« sagte Griff schwerfällig.

Berbelot sah mich vielsagend an.

»Darf er?«

»Er darf uns sagen, was diese Ungeheuerlichkeit zu bedeuten hat«, sagte ich.

Griff räusperte sich mühsam.

»Ich habe den beiden... äh... Herren am Telefon erklärt, daß, soviel ich weiß, weder an der Interpretation Ihres Stücks, Mr. Hamilton, noch im kommerziellen Teil der Sendung, Mr. Berbelot, etwas auszusetzen war. Nach Ihren Protesten am Telefon habe ich mir die zweite Hälfte der Sendung eigens selbst angesehen. Es gab nichts zu beanstanden. Wenn Sie mit meinen Erklärungen nicht zufrieden sind, steht es Ihnen frei, sich die Aufzeichnung selbst anzusehen, und zwar sofort.«

Was konnten wir sonst wünschen? Wir kamen beide auf die Idee, daß Griff wirklich in einer verzwickten Lage war, daß er die Wahrheit sagte, soweit er sie kannte, und daß er uns beide für Verrückte hielt. Ich kam langsam auch zu dieser Meinung.

»Griff, haben Sie nicht den Dialog gegen Ende zu gehört, als die jungen Leute an der Kaimauer standen?« sagte Berbelot.

Griff nickte.

»Denken Sie nach«, fuhr Berbelot fort. »Was sagte der Junge zu dem Mädchen, als er die Klappe in ihr Haar steckte?«

»›Ich liebe dich‹«, sagte Griff verlegen und wurde rot. »Er hat es zweimal gesagt.«

Berbelot und ich sahen einander an.

»Her mit der Aufzeichnung«, sagte ich.

Nun, wir sahen sie uns an, in Griffs luxuriösem Privat-Vorführraum. Ich hoffe, ich brauche nie mehr eine solche Stunde durchzumachen. Wenn nicht Berbelot dasselbe gesehen hätte wie ich und genauso darauf reagiert hätte, wäre ich zu einem Psychiater gegangen. Denn die Sendung, die über Griffs MATS-Maschine lief, leuchtete geradezu vor Unschuld. Mein Drehbuch war erste Klasse; Berbelots Werbespots gingen in Ordnung. Bei dem Sketch, mit dem alles angefangen hatte, als der Mann und das Mädchen sich im Theaterfoyer unterhielten, lautete der Dialog so:

»Und wie gefällt Ihnen das Stück, Mr. Robinson?«

»Ausgesprochen charmant... und das gilt auch für Sie, meine Liebe. Was für ein Parfüm verwenden Sie?«

»*Doux Rêves* von Berbelot. Was halten Sie davon?«

»Sie haben gehört, was ich über das Stück gesagt habe.«

Na, bitte. Und der Aufzeichnung nach hatte Griff auch bei den drei kleinen, wiederholten Worten in der Azorenszene recht gehabt. Ich war fertig.

Als es vorbei war, sagte Berbelot zu Griff: »Ich glaube, ich kann auch für Mr. Hamilton sprechen, wenn ich sage, daß wir Ihnen Abbitte schulden, wenn das die unverfälschte Aufzeichnung war, und ebenso, wenn ich sage, daß wir Ihre Beweise nicht akzeptieren, bis wir die unseren zusammengetragen haben. Ich habe die Sendung aufgezeichnet, als sie über meinen Apparat lief, wie ich alle meine Werbespots aufzeichne. Wir besuchen Sie morgen und bringen die Aufzeichnung mit. Kommen Sie, Hamilton?«

Ich nickte, und wir gingen, während Griff an seiner Lippe kaute.

Das letzte Kapitel des Alptraums an diesem Abend möchte ich nur kurz streifen. Wir fuhren zu Berbelot und sahen uns die Aufzeichnung an. Wenn ich verrückt war, mußte Berbelot es auch sein, und der Recorder dazu. So wahr mir Gott helfe, die Sendung lief auf Berbelots Bildschirm genauso ab wie vorher bei ihm und bei mir. Wenn jemals einer am Telefon fertiggemacht worden ist, dann war es Griff in dieser Nacht. Wir nahmen natürlich an, daß er uns eine bearbeitete Aufzeichnung vorgespielt hatte, damit wir ihn nicht verklagten. Vor Gericht würde er es genauso machen. Das sagte ich Berbelot. Er schüttelte den Kopf.

»Nein, Hamilton, vor Gericht können wir nicht gehen. Associated hat mir diese Sendung nach dem neuen Verfahren unter der Bedingung überlassen, daß ich darauf verzichte, sie wegen ›unvollständiger, unzureichender oder sonst unbefriedigender Darbietung‹ in Anspruch zu nehmen. Man hat den neuen Geräten wohl nicht so ganz getraut.«

»Na, dann klage ich für uns beide«, meinte ich.

»Sind alle Rechte erworben worden?« fragte er.

»Ja... verdammt! Mich haben sie auch in der Tasche! Sie sind rechtlich befugt, damit zu machen, was sie wollen.« Ich warf meine Zigarette ins Elektrofeuer und schaltete Berbelots großes Fernsehgerät ein und wählte Kanal XZB für Associated.

Nichts rührte sich.

»He!« sagte ich. »Ihr Apparat ist kaputt!« Berbelot stand auf und begann herumzudrehen. Ich war im Irrtum. Dem Apparat fehlte nichts. Es lag an Associated. Alle ihre Stationen hatten ihre Sendungen eingestellt – alle vier. Wir sahen einander an.

»Wählen Sie XZW«, sagte Berbelot. »Das ist eine getarnte Tochterstation von Associated.«

XZW plärrte los, als ich die Wählscheibe gedreht hatte. Ein Tanzprogramm, das neue Fünftakt-Gedudel. Plötzlich schob sich der Sprecher ins Bild.

»Eine Meldung von der Nachrichtenagentur Ikonoskop«, sagte er im Gesprächston. »Die Bundesaufsichtsbehörde hat Associated Television und ihre sämtlichen Stationen stillgelegt. Die Sendungen sind eingestellt. Die Gründe wurden nicht angegeben, aber man vermutet, daß das mit einigen Kraftausdrücken bei der Weltpremiere von Associateds neuer Stereotechnik zusammenhängt. Das ist alles.«

»Damit habe ich gerechnet«, sagte Berbelot. »Möchte nur wissen, wie Griff sich da herausredet. Wenn er versucht, seine Aufzeichnung zu verwenden, übergebe ich die meine mit größtem Vergnügen der Behörde, und wir haben ihn wegen Meineids.«

»Ziemlich hart für Associated, nicht?« sagte ich.

»Nicht besonders. Sie kennen diese großen Gesellschaften. Associated verdient Millionen mit den vier Sendern, aber sie sind nur ein paar Tropfen im Eimer, verglichen mit dem, was ihre anderen Beteiligungen einbringen. Die spüren das nicht mal. Und die neue Farbtechnik sehen Sie in achtundvierzig Stunden bei einer Konkurrenzgesellschaft, auf Lizenz.«

Er hatte recht. Zwei Tage später setzte Cineradio eine Sendung nach dem neuen Verfahren aufs Programm, und plötzlich war die Hölle los. Was man mit der Berbelot-Stunde und meiner ›Muschel‹ gemacht hatte, war harmlos dagegen.

Das Programm wurde von einer der Anti-Schwerkraft-Firmen gesponsert – ich weiß nicht mehr, von welcher. Man hatte Raoul Stavisk, den Komponisten, engagiert, um eine der uralten gallischen Opern zu spielen, die er ausgegraben hatte. Das Stück hieß ›Carmen‹ und war zweihundert Jahre lang praktisch vergessen gewesen. Die Wiederausgrabung hatte bei den Musikliebhabern einige Aufregung ausgelöst, obschon ich persönlich nicht dafür bin. Zu barbarisch für mich. Und von einem Viertelton hatten die damals überhaupt noch keine Ahnung.

Jedenfalls war es eine große Sache, direkt aus dem großen Bürger-Auditorium übertragen. Es war mehr als zur Hälfte voll – etwa hundertdreißigtausend Zuschauer. Praktisch alle auserwählten intellektuellen Musikliebhaber aus diesem Stadtbezirk. Ja, 130000 Augenpaare sahen die Vorführung persönlich, und zahllose Millionen verfolgten sie an ihren Geräten; das muß man sich merken.

Diejenigen, die es im Auditorium sahen, hatten, nach allem, was ich höre, ihr Eintrittsgeld nicht umsonst bezahlt. Sie sahen die vollständige Oper, wie geprobt. Maria Jeff, die Sopranistin, war bei bester Stimme, und Stavisks Orchester gab die alte Musik ideal wieder. Na und?

Diejenigen, die zu Hause saßen, sahen die erste Hälfte des Programms genauso, wie gesendet – natürlich. Aber – jetzt aufpassen –, sie sahen Maria Jeff mitten in einer Arie in einer Nahaufnahme, wie sie den Kopf zurückwarf, zu singen aufhörte und mit rauher Stimme rief: »Zum Teufel mit dem Dreck! Jetzt aber mal los, Jungs!«

Sie hörten das Orchester mit der alten Zweivierteltaktmusik aufhören – ›Habanera‹, glaube ich, nannte man das – und mit einem unanständigen Fünftaktlied über ›Alkopillen-Alice‹ beginnen, dem Mädchen, das nichts von Eugenik hielt. Sie sahen Maria Jeff über die Bühne tanzen und ihr Kostüm ausziehen – nicht, daß ich ihr das übelnehmen konnte; es sollte authentisch sein und mußte ihr viel zu warm geworden sein. Aber die Art, wie sie das machte, hatte so etwas an sich.

Ich habe noch nie so etwas gesehen oder von etwas Vergleichbarem gehört. Zuerst dachte ich, das gehöre zur Oper, denn was ich in der Schule gelernt habe, erweckt den Eindruck, daß die Leute damals so etwas geschätzt haben. Ich weiß das nicht. Aber ich wußte, daß es mit der Oper nichts mehr zu tun haben konnte, als der alte Stavisk selbst auf die Bühne sprang und mit der Primadonna zu tanzen begann. Die TV-Kameras glitten über das Publikum, und da waren sie alle miteinander und tanzten in den Reihen. Und ich meine – ›tanzten‹. Mann!

Na, man kann sich vorstellen, was das für einen Ärger gab. Bei Cineradio war man fassungslos, als die Aufsichtsbehörde wie bei Associated alle Sender stillegte. Genauso waren es 130000 Menschen, die die Oper gesehen und sie gut gefunden hatten. Jeder einzelne bestritt, in den Reihen getanzt zu haben. Niemand hatte Stavisk auf die Bühne springen sehen. Es war einfach unbegreiflich.

Cineradio besaß natürlich eine Aufzeichnung. Die Aufsichtsbehörde auch, wie sich herausstellte. Jede Aufzeichnung bewies das, was die jeweilige Seite behauptet hatte. Das war zuviel für mich. Ich fuhr zu Berbelot.

Er machte ein erfreutes Gesicht, als er auf dem Haus-Bildschirm auftauchte.

»Hamilton!« rief er. »Kommen Sie rein! Ich habe überall nach Ihnen herumtelefoniert!« Er drückte auf einen Knopf, und die Vestibültür hinter mir schloß sich. Ich wurde zu seinen Räumen hinaufgehoben. Wirklich hübsch, sein kombiniertes Aufzug-Vestibül.

»Ich brauche Sie wohl nicht zu fragen, warum Sie hier sind«, sagte er, als wir uns die Hände schüttelten. »Cineradio hat sich ja schön in die Nesseln gesetzt, wie?«

»Ja und nein«, sagte ich. »Ich habe langsam den Eindruck, daß Griff recht hatte, als er sagte, das Programm sei, soviel er wisse, in

Ordnung. Aber wenn er recht hatte, was ist dann los? Wie kann ein Programm die Sender in völlig normaler Fassung erreichen und aus jedem Empfänger im Land wie die Vorstellung eines Witzbolds vom Paradies herauskommen?«

»Überhaupt nicht«, sagte Berbelot. Er rieb sich nachdenklich das Kinn. »Aber so war es. Dreimal.«

»Drei- Wann?«

»Eben jetzt, bevor Sie gekommen sind. Der Außenminister hielt über XZM, Consolidated Atomic, Sie wissen, eine Rede. XZM hat sich die Stereoleitung gleich von Cineradio geschnappt, als man dort schließen mußte. Nun, der ehrenwerte Minister leierte genau zwölfeinhalb Minuten vor sich hin. Plötzlich verstummte er, grinste in die Kamera und sagte: ›Also, kennen Sie den schon vom Farmerreisenden und der Tochter des Vertreters?‹«

»Den kenn' ich«, sagte ich. »Mein Gott, erzählen Sie bloß nicht, daß er den gebracht hat!«

»Genau«, sagte Berbelot. »Bis ins Detail, über die unverschmutzten Funkwellen. Ich rief sofort an, kam aber nicht durch. Alle Leitungen von XZM waren belegt. Eine sehr sorgenvoll blickende Telefonistin legte, ich weiß nicht, wie viele Leitungen zusammen und sagte: ›Wenn Sie alle wegen der Rede des Ministers anrufen, daran ist nichts zu beanstanden. Und jetzt legen Sie, bitte, auf!«

»Hm«, sagte ich, »mal sehen, was wir haben. Die Sendungen verlassen die Studios, wie geplant und geschrieben. Wollen wir davon ausgehen?«

»Ja«, sagte Berbelot. »Da die Sendungen nach den bisherigen Verfahren nicht betroffen sind, müssen wir uns überlegen, ob dieses seltsame Verhalten nicht auf die Stereotechnik beschränkt ist.«

»Was ist mit den Aufzeichnungen in den Studios? Die waren nach demselben Verfahren aufgenommen und nicht betroffen.«

Berbelot drückte auf eine Taste, und aus einer Nische rollte ein automatischer Serviertisch auf uns zu. Wir bedienten uns mit Zigaretten und Getränken, und der Tisch kehrte an seinen Platz zurück.

»Cineradio hat keine Fernsehaufzeichnung gemacht, sondern einen Tonfilm. Und Associated... ich hab's! Griffs Aufzeichnung wurde von den Studios per Draht übermittelt! Sie ist gar nicht auf Sendung gegangen!«

»Sie haben recht. Dann können wir davon ausgehen, daß die einzigen betroffenen Sendungen die tatsächlich ausgestrahlten Stereoprogramme sind. Schön, aber was bringt uns das?«

»Gar nichts«, gab Berbelot zu. »Aber vielleicht kommen wir dahinter. Kommen Sie.«

Wir traten in einen Lift und sanken drei Etagen hinunter.

»Ich weiß nicht, ob Sie schon gehört haben, daß ich ein TV-Fanatiker bin«, sagte mein Gastgeber. »Hier ist mein Labor. Ich schmeichle mir, daß es nirgends ein kompletteres gibt.«

Ich bezweifelte es nicht. In meinem ganzen Leben hatte ich so etwas noch nie gesehen. Es war halb Museum, halb Werkstätte. Es gab eine Kopie oder ein schlechtes Exemplar von jeder einzelnen Phase des Fernsehens im Verlauf der Zeiten, von den alten Original Nipkow-Scheiben bis zu den letzten atomaren Farbgeräten. In einer Ecke stand eine überaus komplizierte Apparatur, die ich als Stereosender erkannte.

»Hübsch, was?« sagte Berbelot. »Hier entwickelt, wissen Sie, von einem der Burschen, die das Berbelot-Stipendium gewonnen haben.« Das hatte ich nicht gewußt. Mein Respekt vor diesem erstaunlichen Mann wuchs.

»Und wie funktioniert das?« fragte ich.

»Hamilton«, sagte er gereizt, »wir haben zu tun. Ich müßte die ganze Nacht reden, wenn ich Ihnen das klarmachen wollte. Aber die Grundidee ist die, daß die von diesem Sender erzeugten Vibrationen ausnahmslos gegeneinander phasenverschoben sind. Der Empfänger gelangt zur räumlichen Darstellung, indem diese phasenverschobenen Vibrationen auf bestimmte Weise gemischt werden. Die Wirkung ist eine Art unregelmäßiger Vibration – eine Schwingung in den elektromagnetischen Wellen selbst, die zu einer völlig neuen Wellenart führt. Sie kann aber von normalen Geräten empfangen werden.«

»Verstehe«, log ich. »Also, was haben Sie vor?«

»Ich werde von hier aus zu meinem Landsitz im Norden übertragen. Das sind achthundert Meilen, was reichen müßte. Meine Signale werden dort aufgefangen und über Draht automatisch an uns zurückgeleitet.« Er zeigte auf einen Empfänger in der Nähe. »Wenn es einen Unterschied zwischen dem, was wir senden, und dem, was wir empfangen, gibt, können wir vielleicht dahinterkommen, woran das liegen mag.«

»Und die Aufsichtsbehörde?« fragte ich. »Angenommen – klingt zwar komisch – aber mal angenommen, daß wir solche Ausdrücke hören, wie sie während meiner ›Muschel‹ gesendet worden sind?«

Berbelot schnaubte.

»Dafür ist gesorgt. Die Sendung erfolgt über Richtstrahler. Außer meinem Empfänger kann niemand sie aufnehmen.«

Was für ein Mann! Er dachte einfach an alles.

»Okay«, sagte ich. »Dann mal los.«

Berbelot betätigte ein paar Hauptschalter, und wir setzten uns vor den Empfänger. Lichter flammten auf, und über die Schaltkonsole neben sich steuerte Berbelot die Senderzellen an einen Punkt über und hinter dem Empfänger, so daß wir sehen und gesehen werden konnten, ohne die Köpfe zu drehen. Auf ein Nicken von Berbelot beugte ich mich vor und schaltete den Empfänger ein.

Berbelot schaute auf die Uhr.

»Wenn alles klappt, wird es zwischen zehn und dreißig Minuten dauern, bis eine Störung auftritt.« Seine Stimme klang ein wenig metallisch. Ich bemerkte erst jetzt, daß sie aus dem Empfänger drang.

Die Bilder auf dem Schirm wurden scharf. Ich hatte ein seltsames Gefühl dabei. Ich sah Berbelot und mich nebeneinander sitzen – genau wie vor einem Spiegel, nur, daß die Bilder nicht seitenverkehrt waren. Ich drehte mir eine lange Nase, und mein Abbild revanchierte sich.

»Immer langsam, mein Junge«, sagte Berbelot. »Wenn wir dieselben Störungen bekommen wie die anderen, wird Ihr Abbild darauf anders reagieren.« Er lachte leise.

»Verdammt richtig«, sagte der Empfänger.

Berbelot und ich starrten einander an und wieder auf den Bildschirm. Berbelots Gesicht war unverändert, aber das meine trug einen bösartig-verächtlichen Ausdruck. Berbelot blickte gelassen auf die Uhr.

»Acht Minuten sechsundvierzig«, sagte er. »Bei jeder Sendung früher. In Kürze werden die Störungen mit der Sendung anfangen, wenn das so weitergeht.«

»Nur, wenn Sie in Zukunft regelmäßig senden«, sagte Berbelots Abbild.

Es hatte sich offenbar völlig von Berbelot selbständig gemacht. Ich war fertig.

Berbelot saß mit starrer Miene neben mir.

»Sehen Sie?« flüsterte er mir zu. »Es dauert eine Weile, bis es sich einholt. Bis dahin ist es mein Abbild.«

»Was bedeutet das alles?« stieß ich hervor.

»Keine Ahnung«, sagte der Parfümkönig.

Wir saßen da und schauten. Und so wahr mir Gott helfe, unsere Abbilder machten es genauso. Sie beobachteten *uns!*

Berbelot versuchte es mit einer direkten Frage.

»Wer sind Sie?« fragte er.

»Wie sehen wir aus?« fragte mein Abbild, und die beiden lachten sich kaputt.

Berbelots Abbild stieß das meine an.

»Die haben wir ganz schön am Wickel, was?« prustete er.

»Hören Sie auf mit dem Unsinn!« sagte Berbelot scharf. Überraschend war Schluß mit der Fröhlichkeit.

»Och«, sagte mein Abbild klagend. »Das ist doch nicht so gemeint. Ärgern Sie sich doch nicht. Amüsieren wir uns alle. *Ich* amüsiere mich.«

»Na, die sind ja wie die Kinder!« sagte ich.

»Ich glaube, Sie haben recht«, meinte Berbelot. »Hören Sie«, sagte er zu den Abbildern, die schmollend dasaßen. »Bevor wir uns amüsieren, will ich wissen, wer ihr seid, wie ihr hier im Empfänger auftaucht und wie ihr die drei Sendungen zuvor gestört habt.«

»Haben wir was angestellt?« fragte mein Abbild unschuldig. Der andere kicherte.

»Heitere Burschen, wie?« sagte Berbelot. »Also, beantwortet ihr jetzt meine Fragen, oder *soll ich den Sender abschalten?*« fragte er die beiden.

Sie riefen verzweifelt im Chor: »Wir reden schon! Wir reden! Bitte, nicht abschalten!«

»Wie sind Sie darauf gekommen?« flüsterte ich Berbelot zu.

»Einfach aufs Geratewohl«, gab er zurück. »Offenbar gefällt ihnen das, und auf andere Weise als über die Stereowelle schaffen sie es nicht.«

»Was wollen Sie wissen?« fragte Berbelots Abbild mit bebender Lippe.

»Wer seid ihr?«

»Wir? Wir sind ... ich weiß nicht. Ihr habt keinen Namen für uns, wie soll ich das Ihnen also erklären?«

»Wo seid ihr?«

»Ach, überall. Wir kommen viel herum.«

Berbelot streckte ungeduldig die Hand nach dem Schalter aus.

Die Abbilder quietschten: »Nicht! Oh, bitte nicht! Das macht viel Spaß!«

»Spaß, hm?« knurrte ich. »Los, heraus mit der Geschichte, oder wir machen dunkel!«

Mein Doppelgänger sagte flehend: »Bitte, glauben Sie uns. Das ist die Wahrheit. Wir sind überall.«

»Wie seht ihr aus?« fragte ich. »Zeigt euch so, wie ihr seid!«

»Wir können nicht«, sagte der andere, »weil wir nicht wie irgendwas aussehen. Wir sind – einfach, das ist alles.«

»Wir reflektieren das Licht nicht«, ergänzte mein Abbild.

Berbelot und ich tauschten einen verwirrten Blick. Berbelot sagte: »Entweder nimmt uns jemand auf den Arm, oder wir sind auf etwas völlig Neues und Unerhörtes gestoßen.«

»Das sind Sie allerdings«, sagte Berbelots Abbild ernsthaft. »Wir wissen seit langer Zeit – wie Ihr die Zeit meßt – von euch –«

»Ja«, fuhr der andere fort. »Wir wußten schon vor über zweihundert Jahren von euch. Wir hatten eure Vibrationen natürlich lange vorher gespürt, wußten bis dahin aber nicht, wer ihr seid.«

»Zweihundert Jahre –«, sagte Berbelot nachdenklich. »Das war etwa zur Zeit der ersten atomgetriebenen Fernsehgeräte.«

»Richtig!« sagte mein Abbild eifrig. »Unsere Gehirnströme wurden davon berührt, und wir konnten sehen und hören. Bis vor kurzem konnten wir euch aber nicht erreichen, bis zu dem stupiden Stück über eine Muschel.«

»Jetzt ist es aber genug«, sagte ich zornig, während Berbelot in sich hineinlachte.

»Wie viele von euch gibt es?« fragte er.

»Einen und viele. Wir sind endlich und unendlich. Wir haben keine Größe oder Form in eurem Sinn. Wir sind … einfach.«

Wir schluckten das ohne Kommentar. Es war ein großer Klumpen.

»Wie habt ihr die Sendungen gestört? Wie macht ihr es diesmal?« fragte Berbelot.

»Die Sendungen gehen direkt durch unsere Gehirnströme. Unsere Gedanken verändern sie dabei. Vorher war das unmöglich; wir hatten Wahrnehmung, konnten aber nicht gehört werden. Die neue Welle macht uns hörbar. Ihre Schwingungen stimmen mit den unsrigen überein.«

»Wie seid ihr gerade auf diese Methode gekommen?« fragte ich. »Ich meine die ganzen Zwischenrufe und so.«

Zum erstenmal wirkte eines der Abbilder – das von Berbelot – verlegen.

»Wir wollten, daß man uns mag. Wir wollten euch erreichen und zum Lachen bringen. Wir wußten, wie wir das machen mußten. Wir haben zweihundert Jahre lang allen euren privaten und öffentlichen Sendungen zugesehen, wir haben eure Sprache, eure Gefühle und eure Denkweisen kennengelernt. Haben wir wirklich etwas falsch gemacht?«

»Sieht so aus, als wären wir auf einen kosmischen Sinn für Humor gestoßen«, sagte Berbelot zu mir. Er wandte sich an sein Abbild: »Ja, in gewisser Weise schon. Ihr habt drei großen Gesellschaften den Verlust ihrer Sendelizenzen eingebracht. Ihr habt einen Mann namens Griff und einen Außenminister in die allergrößte Verlegenheit gebracht. Ihr« – er lachte leise – »habt meinen Freund hier sehr, sehr erzürnt. Das war doch nicht so ganz richtig, oder?«

»Nein«, sagte mein Abbild. Es wurde wahrhaftig rot. »Wir machen das nicht mehr. Wir haben uns danebenbenommen. Es tut uns leid.«

»Ach, schon gut«, sagte ich. Ich war selbst verlegen. »Jeder macht mal einen Fehler.«

»Das ist aber nett von Ihnen«, sagte mein Abbild auf dem Fernsehschirm. »Wir möchten etwas für Sie tun. Und für Sie auch, Mr. –«

»Berbelot«, sagte Berbelot. Man bedenke – sich einem Fernsehapparat vorzustellen!

»Ihr könnt nichts für uns tun«, sagte ich, »außer damit Schluß zu machen, daß ihr unser Stereoprogramm stört.«

»Sie wollen also wirklich, daß wir aufhören?« Mein Abbild wandte sich seinem Begleiter zu. »Wir haben etwas falsch gemacht. Wir haben sie verletzt und aufgebracht.« Er sah uns an. »Wir werden Sie nicht mehr belästigen. Leben Sie wohl!«

»Augenblick mal!« schrie ich, aber es war schon zu spät. Der Bildschirm zeigte dieselben zwei Gestalten, aber sie hatten ihre besondere Art von Leben verloren. Es waren Berbelot und ich. Punkt.

»Da sehen Sie, was Sie angestellt haben«, fauchte Berbelot. Er leierte in den Sender: »Rufe Unterbrecher auf Stereowelle! Können Sie mich hören? Können Sie mich hören? Rufe –« Er verstummte und sah mich zornig an. »Sie Trottel«, sagte er leise, und ich hatte gute Lust, in eine Ecke zu gehen und in Tränen auszubrechen.

Nun, das ist alles. Die Verhandlungen vor der Aufsichtsbehörde führten zu einem Spruch ›verursacht durch unbekannte Person oder Personen‹, und die Stereoübertragung wurde zu einer weltweiten Realität. Bis jetzt hat die Welt die Wahrheit über diese seltsame Geschichte nicht erfahren. Berbelot versuchte drei Monate lang jede Nacht, die Äther-Intelligenzen zu erreichen, ohne Erfolg. Was sagt man? Sie haben zweihundert Jahre auf die Gelegenheit gewartet, uns zu erreichen, dann waren sie beleidigt und zogen sich zurück!

Meine Schuld, versteht sich. Das Eingeständnis nützt aber nichts. Wenn ich nur etwas tun könnte…

Der Parfümkönig

Ich war immer noch in Melancholie darüber, daß ich den Äther-Spötter aus dem Wahrnehmungsbereich des Menschen vertrieben hatte, auch noch an jenem Tag, als ich auf die schlaue Idee kam, ihn zurückzuholen. Ich hätte es bei der Idee belassen sollen. Ich hätte damit nicht zu Berbelot gehen sollen. Ich hätte im Bett bleiben sollen. Ich hatte Grips, aber keinen Verstand. Ich suchte Berbelot auf.

Er freute sich nicht über meinen Besuch, als er mich aus dem Bildgerät in seinem Vestibül betrachtete. Ein tolles Ding, dieses Vestibül. Ich wußte, daß es ein Lift war, der Gäste zu seiner Wohnung in dem großen Gebäude brachte. Bis dahin hatte ich nicht gewußt, daß es auch ein leistungsfähiger Rauswurf-Mechanismus war. Ich hatte kaum meine Hand an die Leitplanke geführt, die als Türklingel diente, als sein Gesicht schon auf dem Bildschirm auftauchte. Er sagte: »Hmf! Hamilton!«, und im nächsten Augenblick hatten sich die Wände des Vestibüls zusammengeschoben und mich fest gepackt. Ich wurde auf den Kopf gestellt, zweimal geschüttelt und dann vor das Haus geworfen. Ich glaube, den Rausschmeißer hatte er eigens für mich konstruiert. Er war ein netter alter Knabe, aber nachtragend bis dorthinaus. Ein ganzes Jahr dauerte das nun schon. Nur, weil ich mit dem Äthermann taktlos umgesprungen war.

Ich stand auf, wischte mich ab und schwor mir, den jähzornigen alten Knacker nie wieder zu belästigen. Dann suchte ich nach einem Drugstore, um ihn anzurufen. So war das. Berbelot war ein komischer Kauz. Sein Respekt mir gegenüber bedeutete mehr, als der Zorn auf ihn wettmachen konnte. Er war der einzige Mensch, bei dem mir je etwas leid getan hatte.

Ich trat in die Bildsprechzelle und drückte meine Ausweismarke auf die federnde Platte am Apparat. Damit wurde der Anruf registriert, so daß man mich mit den Kosten belasten konnte. Dann wählte ich Berbelots Nummer. Ich bekam seinen hochmütigen Diener.

»Ich möchte mit Mr. Berbelot sprechen, Cogan.«

»Mr. Berbelot ist ausgegangen, Mr. Hamilton.«

»So!« knurrte ich, und meine Stimme schwoll an. »Sie sind der, der mich eben mit dieser Vertretermangel an der Tür hinausgeworfen hat! Ich demolier' Sie, Sie subatomarer Idiot!«

»Oh... ich... nein, wirklich nicht, Mr. Hamilton. Ich –«

»Dann war es Berbelot. Wenn er es war, ist er zu Hause. Übrigens habe ich ihn auf dem Bildschirm gesehen. Genug geschwätzt, Teiggesicht. Sagen Sie ihm, daß ich ihn sprechen will.«

»A-aber er will nicht mit Ihnen sprechen, Mr. Hamilton. Er hat vor einem Jahr strikte Order gegeben.«

»Sagen Sie ihm, mir ist eine Methode eingefallen, wie wir den Äthermann wieder erreichen können. Er wird Sie nicht entlassen, Sie Molch. Er wird Sie auf beide Wangen küssen. Los jetzt!«

Der Bildschirm wurde leer, als er sich entfernte, und ich konnte Berbelots Stimme hören: »Ich dachte, ich hätte Ihnen gesagt –«, und dann Cogans Murmeln, und schließlich: *»Was!«* und wieder Gemurmel, bis plötzlich Berbelot vor der Kamera auftauchte. »Hamilton«, sagte er streng, »wenn das ein Scherz von Ihnen sein soll... wenn Sie glauben, Sie können sich in mein Vertrauen einschleichen, indem Sie... wenn Sie es wagen sollten, mir etwas vorzuma... wenn Sie –«

»Wenn Sie mir die Chance geben, König des Gestanks«, sagte ich, weil ich wußte, daß er mir zuhören würde, wenn ich ihn wirklich in Rage brachte, denn er gehörte zu den Leuten, die vor Wut die Sprache verlieren, »erkläre ich es Ihnen. Ich habe eine Idee, von der ich glaube, daß sie den Ätherburschen zurückbringt, aber es liegt an Ihnen, sie auszuführen. Sie haben die Anlagen dazu.«

»Kommen Sie rauf«, flüsterte er mit bebender Stimme. »Aber ich warne Sie, wenn Sie es wagen, mich zu bluffen, werden Sie das bitter bereuen.«

»Bin schon unterwegs!« sagte ich. »Übrigens, wenn ich wieder im Vestibül bin, überlegen Sie sich genau, welchen Knopf Sie drücken.«

»Keine Sorge«, knurrte er. »Ich habe hier eine Apparatur, die genauso praktisch ist. Sie wirft die Leute aus dem sechzigsten Stock. Kommen Sie nur herauf!« Der Bildschirm wurde dunkel. Ich seufzte und machte mich auf den Weg.

Der Lift hielt mit einem Ruck, so daß mein Magen revoltierte, und ich stieg aus. Berbelot stand davor und betrachtete mich argwöhnisch wie ein Pfandleiher. Ich hielt ihm die Hand hin und machte eine Bemerkung, wie schön es sei, ihn wiederzusehen, aber er starrte meine Hand nur an. Als ich schon dachte, er wolle auf die Ehre verzichten, sie zu drücken, ergriff er sie, ließ sie schnell wieder los, betrachtete seine Hand und wischte sie sorgfältig an der Jacke ab. Da er nichts sagte, gewann ich den Eindruck, daß er sich nicht freute, mich zu sehen, daß er mich für einen lästigen und unhygienischen Menschen hielt, und daß er mir nicht traute.

»Habe ich Ihnen schon gesagt, daß mir schrecklich leid tut, was geschehen ist?« sagte ich, so ruhig ich konnte.

»Ich habe einen Mann gekannt, der das gesagt hat, nachdem er jemanden ermordet hatte«, sagte Berbelot. »Er ist trotzdem hingerichtet worden.«

Das fand ich sehr nett.

»Wollen Sie nun meine Idee hören oder nicht?« fragte ich. »Ich brauche nicht hierzubleiben und mich beleidigen zu lassen.«

»Das ist mir klar. Sie werden wohl überall beleidigt, nehme ich an. Also, was haben Sie für eine Idee?«

Ich sah Cogan hinter dem alten Herrn herumschleichen und warf meinen Hut nach ihm. Da es Berbelot offenbar schwerfiel, gastfreundlich zu sein, ersparte ich ihm die Mühe, mir einen Platz anzubieten, indem ich mich setzte.

»Berbelot«, sagte ich, als eine von seinen besten Zigaretten so schön glühte wie er, »Sie sind unvernünftig. Aber ich habe Ihr Interesse erweckt, und solange das anhält, werden Sie zuhören. Setzen Sie sich! Ich bin im Begriff, sokratisch zu sein. Das kann etwas dauern.«

»Ich leide.« Er setzte sich. »Ich leide außerordentlich.« Er machte eine Pause und fügte dann nachdenklich hinzu: »Ich hätte nie gedacht, daß mich jemand, der mich langweilt, so reizen könnte. Los, Hamilton.«

Ich schloß die Augen und zählte bis zehn. Berbelot konnte mehr druckreife Beleidigungen hervorbringen als jeder andere Mensch, den ich kannte.

»Frage Nummer eins«, sagte ich. »Was ist die Natur des Wesens, das Sie Äther-Spötter getauft haben?«

»Nun, es ist ein... nun, offenbar eine Kombination von ätherischen Kräften, in und um uns lebend. Es ist so, als wäre die Luft in diesem Raum ein denkendes Wesen. Worauf wollen Sie –«

»Die Fragen stelle ich. Würden Sie ihm Intelligenz zusprechen?«

»Gewiß. Aber eine seltsame Art. Es scheint von einem kindlichen Drang beseelt zu sein, sich zu amüsieren – meistens auf Kosten irgendwelcher armer Menschen.«

»Aber seine Reaktionen waren doch vernünftig, nicht?«

»Ja, wenngleich übertrieben. Es hat uns über das Stereofernsehen erreicht; das war sein einziges Ausdrucksmittel. Und es hat die Sendungen ganz enorm gestört – ein kosmischer Witzbold, völlig ohne Hemmungen, ohne jede Rücksicht auf die Folgen für sich selbst. Und als Sie Trottel ihm dann erklärten, es habe anderer Leute Gefühle verletzt und solle sich zurückziehen, entschuldigte es sich und ward nicht mehr gesehen. Wieder eine übertriebene Reaktion. Aber was hat das damit zu tun, daß –«

»Alles. Hören Sie – Sie haben es leicht zum Lachen gebracht, leicht dazu, daß es sich schämte. Es weinte schnell. Wenn Sie wirklich wieder Verbindung damit aufnehmen wollen, brauchen Sie nur auf dem Weg weiterzumachen.«

Berbelot drückte auf einen verborgenen Knopf, und die Beleuchtung nahm eine grünliche Färbung an. Er behauptete stets, bei grünem Licht könne man klarer denken.

»Ich will zugeben, daß dieser Gedankengang mir eigentlich entgangen ist«, sagte er nickend, »da ich keinen Verstand habe, der sich durch unlogisches, obskures Zeug in die Irre führen läßt. Aber bei aller Gerechtigkeit Ihnen gegenüber – nicht, daß Sie etwas verdienen würden, was einem Kompliment ähnlich sieht – glaube ich, daß Sie da auf etwas gestoßen sind. Ich nehme aber an, daß das auch schon alles war. Ich habe mich viele Stunden mit dem Problem beschäftigt. Ich habe das Wesen tagelang hintereinander auf einer gepeilten Stereowelle gerufen. Ich habe um Verzeihung gebeten und es angefleht und gebettelt und ihm lustige Geschichten erzählt und es praktisch aufgefordert, seine unsichtbaren Beine aus meinem Fernsehempfänger zu strecken, damit ich sie küssen kann. Aber gehört habe ich nicht einmal ein Wispern. Nein, Hamilton, der Äthermann ist definitiv verdrossen, beleidigt und nicht zu Hause. Und das ist ganz allein Ihre Schuld.«

»Ich habe einmal«, sagte ich verträumt, »eine Frau gekannt, deren Mann auf Abwege ging. Sie wußte, wo er war, und schickte ihm eine Nachricht nach der anderen. Sie bettelte, und sie flehte, und sie weinte in Bildsprecher. Es half ihr gar nichts. Dann kam sie auf eine gute Idee. Sie schickte ihm einen Tele-Faksimile-Brief, geschrieben auf ihrem besten Briefpapier. Darin war auf sehr detaillierte Weise beschrieben, daß sie ihn für einen neunzehnfachen Halunken hielt.«

»Ich weiß nicht, was das mit dem Ätherwesen zu tun hat, aber was passierte dann?« fragte Berbelot.

»Na, er wurde wütend. Er wurde so wütend, daß er alles liegen und stehen ließ und heimrannte, um ihr eine zu verpassen!«

»Ah«, sagte Berbelot. »Und der Äthermann lacht gern, und Sie meinen, er wäre –«

»Er wäre sehr leicht in Wut zu bringen«, sagte ich, »wenn wir den richtigen Weg dazu finden könnten.«

Berbelot rieb sich die langen Hände und strahlte.

»Sie sind ein hitzköpfiger Narr, Hamilton, und ich bin überzeugt davon, daß Ihr Genie ein glücklicher Zufall ist, der keinen Zusammenhang mit Ihrem sogenannten Gehirn besitzt. Ich muß Ihnen aber zu der Idee gratulieren. Mit anderen Worten, Sie glauben, wenn wir den Äthermann nur genug ärgern, wird er versuchen, sich zu revanchieren und auf irgendeine Weise mit uns in Verbindung zu treten? Mensch!«

»Dachte mir schon, daß Ihnen das gefällt«, sagte ich.

»Na, dann los«, sagte er gereizt. »Worauf warten wir noch? Gehen wir ins Labor hinunter!« Plötzlich sah er mich an. »Äh – Hamilton – Ihre Geschichte vorhin. Hat der Mann seiner Frau nun eine verpaßt, als er heimkam?«

»Keine Ahnung«, sagte ich betroffen. »Das habe ich nur erfunden, um zu illustrieren, was ich meinte. Kann sein.«

»Hm-m-m. Wenn der Äthermann nun beschließen sollte... ich meine, er ist ja sehr groß, und wir wissen nicht –«

»Ach, keine Sorge«, sagte ich, »aus der Bildröhre kann der ja nicht heraus!«

Was nur beweist, wie wenig Ahnung ich vom Ätherwesen hatte.

Berbelots Labormuseum versetzte mich immer wieder in blankes Erstaunen. Haben Sie gewußt, daß man früher, vor über zweihundert Jahren, elektrisch betriebene Geräte mit Leuchtbildschirm in großen Kathodenröhren verwendet hat? Und vorher eine rotierende Scheibe mit spiralenförmig angebrachten Löchern, als Abtastmechanismus! Aber es gab schon die Anfänge einer Frequenzmodulation. Die Geräte waren jedoch, so unglaublich das klingen mag, so primitiv, daß atmosphärische Störungen den Empfang beeinflußt haben! Berbelot hatte Kopien von allen diesen alten und lachhaften Versuchen, Sende- und Empfangsgeräte zu bauen.

»Schon gut, schon gut«, fauchte er, bis zu den Ellenbogen in einem der ersten Stereosendegeräte, »Sie sind schon öfter hiergewesen. Kommen Sie her, und helfen Sie mir. Sie gaffen wie ein Provinzler.«

Ich ging hin und hielt mich an seine Anweisungen, als er punktschweißte, Relais einbaute und hier und dort haarfeinen Draht zu Spulen wickelte.

»Du meine Güte«, staunte ich, »wo haben Sie nur so viel über Television gelernt, Berbelot? Es muß Sie ein bißchen von Ihrer Freizeit gekostet haben, im Parfümgeschäft ein Vermögen zu verdienen.«

Er lachte.

»Das will ich Ihnen sagen, Hamilton«, meinte er. »Fernsehen und Parfümherstellung haben viel gemeinsam. Sie wissen selbst, daß nie so wunderschöne Frauen auf der Straße herumlaufen, wie man sie jeden Tag in den Nachrichten sieht. Vor achtzig Jahren, als der Duvalsche Tönungswähler eingeführt wurde, hat das Fernsehen allen Damen, die auf Sendung sind, einen makellosen Teint und allen Männern Boxerschultern verschafft. Alles gefälscht, aber hübsch anzusehen. Bei der Parfümherstellung nicht anders. Eine Frau, die wie eine Rosenblüte riechen würde, wäre zweifellos nicht ganz in Ordnung. Aber die Wissenschaft macht sich ans Werk, um zu verhüllen, was man ›Körpergeruch‹ nennt. Mein Interesse daran, die Massen ästhetisch irrezuführen, hat mich zu beiden Wissenschaften geführt.«

»Sehr einfallsreich«, sagte ich, »aber das hilft Ihnen nicht, den Äthermann zu reizen.«

»Mein lieber Junge«, sagte er, »seien Sie nicht stumpfsinnig. Ach, drehen Sie die Stickstoffflamme ein bißchen kleiner – ja?« Er schweißte und lötete geschickt sieben Anschlüsse in die Videoschaltung des Stereowellen-Generators. »Sehen Sie«, fuhr er fort und führte die Kabel zu einem Steuerkasten mit fünf Tasten und einem Rheostat, »der Ätherknabe verlangt eine ganz besondere Behandlung. Er kennt uns und weiß, wie unsere Gehirne arbeiten, sonst wäre er, zum Beispiel, nie auf den Gedanken gekommen, unseren Außenminister vor der Öffentlichkeit anrüchige Witze erzählen zu lassen, als dieser zum erstenmal in Stereo erschien. Sie sind nun bekannt für Ihre spontane Art. Wie würden Sie es anstellen, diesen ätherischen Windbeutel zu ärgern?«

»Na, ich... ich würde ihm erklären, er sei ein mistiger Soundso. Ich würde ihn beleidigen. Ich würde sagen, er sei ein Feigling und möge sich doch wehren. Ich... ich –«

»Das habe ich mir gedacht«, sagte Berbelot unfreundlich. »Sie würden ihn auf Ihre üble Art beschimpfen und dabei vergessen, daß er keinen Stolz hat, den wir herabziehen können, und, soviel wir wissen, keine Kollegen, Gemeinschaften, Geliebten oder Freunde, mit denen er Klatsch austauschen kann. Nein, Hamilton, wir können ihn nicht beleidigen. Er kann uns beleidigen, weil er weiß, was wir sind und wie wir denken, aber wir wissen nichts von ihm.«

»Wie sonst kann man ein Wesen kränken, wenn man es nicht vor sich selbst oder seinen Genossen lächerlich machen oder kritisieren kann?«

»Indem man ihm persönlich etwas antut, das ihm nicht gefällt.«

»Ja – hauen Sie ihm eine runter! Treten Sie ihn in die Vibrationen! Rennen Sie ihm ein Messer in die Multipersönlichkeit!«

Berbelot lachte.

»Um, ohne ersichtlichen Grund, das Thema zu wechseln«, sagte er, »haben Sie mein *Vierge Folle* schon kennengelernt?«

»Ein neues Parfüm? Aber nein!«

Berbelot ging durch das Zimmer und kam mit einer Handvoll kleiner Glasröhrchen zurück.

»Da.«

Ich schnupperte. Es war ein wunderbar zarter Duft. Er war subtil und fein und erinnerte an die Äderung in altem Elfenbein.

»Mhmm. Angenehm.«

»Versuchen Sie das«, sagte er. Ich tat es. Es war schwächer als das andere; ich mußte lange schnuppern, bevor ich den süßen, kaum faßbaren Geruch wahrnahm. »Das heißt *Casuiste*«, sagte Berbelot. »Jetzt probieren Sie das. Es ist viel schwächer, Sie müssen sich wirklich anstrengen, um es überhaupt wahrzunehmen.«

»Hübsches Geschäft«, sagte ich grinsend. »Der arme, ahnungslose Mann muß sich in die Arme der Verführerin begeben, bevor er ihrem Bann verfällt.« Ich hatte ein paar von seinen Werbesprüchen gelesen. Er lachte leise. »Das ist die Absicht. Da.«

Berbelot gab mir das Röhrchen, ich atmete aus, hing meine Nase über den Rand des Röhrchens und sog die Luft ein. Im nächsten Augenblick glaubte ich, ersticken zu müssen, taumelte, fluchte und verteilte mörderische linke und rechte Haken in die Luft. Ich fürchtete zu sterben und wünschte mir gleichzeitig, es zu können. Als ich mir die Tränen aus den Augen wischte, war Berbelot nirgends zu sehen. Ich tobte durch das Labor und sah ihn endlich hinter einem massiven fotoelektrischen Sender vorbeiwischen. Mit einem Aufschrei stürzte ich mich auf ihn. Er kroch praktisch in die Maschine, und ich begann, sie auseinanderzunehmen, in der festen Überzeugung, daß ich weiterdemontieren würde, lange, nachdem ich ihn erreicht hatte. Zum Glück für ihn waren vier dicke Stromschienen zwischen uns. Er kauerte kichernd hinter ihnen, bis ich mit blutunterlaufenen Augen und keuchend vor Erschöpfung innehielt.

»Kommen Sie raus!« krächzte ich. »Sie gichtiger Affenpinscher, kommen Sie da raus, und ich schlag' Sie so zusammen, daß Sie sich an Ihren eigenen Schnürsenkeln erdrosseln!«

»Das«, sagte er belehrend, »war Moschus-Essenz, vierfach verstärkt.« Er grinste. »Skunk.« Er sah mich an und lachte offen heraus. »Super-Skunk.«

Ich zerrte erfolglos an den Schienen.

»Ein armes Ding, aber ganz Ihr eigen, wette ich«, sagte ich. »Ich ramme Ihnen den Arm so tief in den Hals, daß Sie Ihre eigenen Fingernägel verdauen.«

»Wütend, was?«

»Hn?«

»Ich sagte, Sie sind wütend. Ich habe Sie nicht beschimpft und nicht lächerlich gemacht und gar nichts, und sehen Sie sich an, wie wütend Sie sind!«

Ich begann zu begreifen. Den Äthermann wütend machen durch –

»Was lallen Sie da?«

Er zog ein weißes Taschentuch heraus und wedelte damit, als er sich aus den Innereien des alten Geräts befreite. Ich mußte grinsen. Was konnte man mit so einem Mann anfangen?

»Okay«, sagte ich. »Friede, Bruder. Aber ich möchte vorschlagen, daß Sie den Ätherknaben besser behandeln als mich eben. Und wie, in Dreiteufelsnamen, wollen Sie so einen Geruch durch einen Stereosender jagen?«

»Einfach ist es nicht«, sagte er, »aber ich glaube, es geht. Wissen Sie etwas über die Wellentheorie der Wahrnehmung?«

»Nicht sehr viel«, sagte ich. »Eine Art Spektralanordnung der Schwingungen für die Sinneswahrnehmung, nicht?«

»Mhmm – ja. Gedankenwellen sind von hoher Frequenz und, obwohl äthergeboren, nicht von elektromagnetischer Herkunft. Ebenso die verwandten Vibrationen Geschmack und Geruch. Und der Schall.«

»Augenblick! Schall ist eine rein physikalische Schwingung von Luftpartikeln an unserem Hörapparat.«

»Natürlich – von der Schallquelle *zu* diesem Apparat. Aber vom Innenohr zum Hörzentrum im Gehirn wird sie in eine Welle der Spektralgruppe verwandelt, von der ich spreche. Genauso ist es beim Fühlen und Sehen.«

»Ich fange an zu begreifen, was Sie meinen. Aber wie können Sie das Ätherwesen mit diesen Wellen erreichen – vorausgesetzt, Sie können sie überhaupt erzeugen und senden?«

»Ach, das kann ich. Es handelt sich einfach darum, Hochfrequenzemanationen zu verstärken.«

»Sie scheinen ganz sicher zu sein, daß das Ätherwesen von denselben Wellen betroffen wird, die unsere Sinne beeinflussen.«

»Ich würde nicht dieselben Wellen verwenden. Deshalb habe ich die Spektrumtheorie zur Sprache gebracht. Passen Sie auf. Wir nehmen Gedankenwellen der rein inneren Psyche … der Botschaften, die Hirnimpulse an verschiedene Gehirnzentren weiterleiten. Reiner Gedanke, ohne Aktion; reine Vorstellung. Diese haben eine bestimmte Wellenlänge. Wir wollen sie 1000 nennen. Nehmen Sie jetzt die Frequenzen für Geruchs-, Tast- und Sehwellen. Sie sind der Reihe nach 780, 850 und 960. Wie haben wir uns nun mit dem Ätherwesen in Verbindung gesetzt?«

»Mit der Stereowelle.«

»Richtig.«

»Und Sie meinen, das Verhältnis –«

Berbelot nickte.

»Das Verhältnis zwischen den Gedankenwellen des Ätherwesens und seinen sensorischen Schwingungen muß dasselbe sein wie bei uns.«

»Warum muß das so sein?«

»Weil seine geistigen Reaktionen die gleichen sind, wie ich vorher schon betont habe – nur übertrieben. Es folgert mehr oder weniger genauso wie wir. Seine Mentaleinrichtung entspricht der unsrigen.«

»Verflucht«, sagte ich bewundernd, »es ist alles so einfach, wenn man gesagt bekommt, wie es geht. Sie wollen also das Verhältnis zwischen dem entdecken, was mir zuwider ist, und dem, was es für das Ätherwesen wäre.«

»Richtig. Ich lasse ihn leiden, so gut ich kann, und am meisten verstehe ich von – Düften.«

»Ah«, sagte ich.

»Ich werde jetzt etwas ganz Hübsches zusammenmixen. Ich werde einen Gestank erzeugen, daß dem Burschen die Haare zu Berge stehen.«

»Nach dem Geruch der Essenz des antiken Eis, mit dem Sie mich eben vergast haben, müßte das etwas sehr Hübsches werden«, meinte ich.

»Ganz bestimmt. Mal sehen – als Grundstoff nehmen wir Butylmecaptan. Ein bißchen süß, ein bißchen sauer –«

»– dir wird flau und immer flauer.«

»Lassen Sie den Unfug.« Er beschäftigte sich an seinem Chemikalientisch. »Ich verbrenne etwas Schweinefett und ... ah – Rosenöl.« Er verstummte für einen Augenblick und maß Tropfen in eine Erregermaschine ab. Dann drehte er den Schalter und kam zu mir herüber. »Wird gleich fertig sein. Schließen wir den Sender an.«

Wir taten, was wir schon vor einem Jahr gemacht hatten. Wir beförderten die Sendezellen hinter und über einen Empfänger. Sie sendeten danach zu Berbelots Landsitz in achthundert Meilen Entfernung, über einen Richtstrahler, und das Signal kehrte über Draht zurück. Wenn das Ätherwesen sich einmischte, würde das im Empfänger erkennbar sein. Damals hatten wir das eigenartige Erlebnis gehabt, mit unseren eigenen Abbildern auf dem Bildschirm zu sprechen.

»Jetzt destilliere ich mein *odeur d'ordure*«, sagte er, »und wenn es fertig ist, können Sie mein Versuchskaninchen sein.«

»Auf gar keinen Fall, Berbelot«, sagte ich und wich zurück. Er grinste und kümmerte sich um seinen Destillierapparat. Es war ein wunderschönes Glasgerät, und er arbeitete ganz unter einer großen Glasglocke, als er das Zeug aus dem Erreger holte. Butyl und verbranntes Fleisch und Rosenöl. Guter Gott.

Nach einer halben Stunde war es fertig – eine staubig-braune gallertartige Masse, nur ein paar Tropfen in der Retorte.

»Los, Hamilton«, sagte Berbelot, »nur ganz kurz schnuppern. Ich möchte Ihnen eine Vorschau bieten.«

»Nh-nh«, schnaubte ich. »Halt – warten Sie.« Ich drückte auf den Summer, und nach wenigen Sekunden schoß Cogan, Berbelots Diener, herein.

»Nase mitgebracht?« fragte ich, während ich ihn zum Tisch führte.

»Ja, Sir.«

»Na« – ich schob die kleine Klappe am Retortenhals heraus und hielt Abstand auf Armlänge – »dann rein damit.«

»Oh, aber ich –« Er sah flehend zu Berbelot hinüber, der nur lächelte.

»Hm ... oh!« Das ›Hm‹ war Scheu, und das ›Oh!‹ kam, als ich ihn beim Kragen packte und sein Gesicht in die warmen Dämpfe drückte.

Cogan erschlaffte und erstarrte so schnell, daß er keine Bewegung mehr machte. Er erhob sich langsam, als stemme ihn die Wucht dieses mächtigen Gestanks am Kiefer hoch, drehte sich mit tränenden Augen zweimal um sich selbst und ging zur Tür. Er ging ganz leicht und langsam auf den Zehenballen, die Arme gebeugt und halb erhoben, wie ein Schlafwandler. Er prallte an den Türpfosten, quietschte, sagte: »O ... mein ... Gott« mit ganz leiser Stimme und verschwand.

»Na«, sagte Berbelot nachdenklich. »Ich glaube, das Zeug riecht wirklich übel.«

»Scheint so«, meinte ich grinsend. »Ich – o Mann!« Ich lief zur Retorte und schloß die Klappe. »Du meine Güte! Von *dem* haben wir ihm eine volle Dosis verpaßt?«

»Sie haben.«

Es breitete sich im Zimmer aus, und von allen übelriechenden Ausdünstungen war das die allerschlimmste. Es war verfaulter Sellerie, und einen gräßlicheren Gestank gibt es in der ganzen Natur nicht. Es war ranzige Butter. Es war Brotschimmel. Es war gärender Limburger mit Knoblauch. Es war Fäulnis. Es war wie ein Wesen, das auf sechs Beinen herumläuft, zu Brei zerquetscht. Es war grausig.

»Berbelot«, ächzte ich, »Sie wollen das Ätherwesen doch nicht umbringen.«

»Das bringt es nicht um. Es wird ihm nur nicht angenehm sein.«

»Gewiß nicht. Hui!« Ich wischte mir das Gesicht. »Wie wollen Sie das nun zu ihm befördern?«

»Na, wir benützen das Olfaktometer.«

»Was ist das?«

»Ein Gerät der Branche. Ich habe es vor Jahren konstruiert. Ohne das Ding hätte ich keinen Cent verdient.« Er führte mich zu einem Gestell, auf dem sich eine ungeheuer komplizierte Maschine befand, glitzernde Relais und elektroatomare Brückenanschlüsse.

»Menschenskind!« sagte ich. »Was macht es – Musik?«

»Vielleicht haben Sie sich gefragt, warum ich soviel über die Wellentheorie der Sinneswahrnehmung erzählen konnte«, meinte er. »Da – sehen Sie die Skalen? Und diesen berührungsempfindlichen Knopf?«

»Ja.«

»Der faustdicke Facettenknopf ist an allen seinen zwölfhundertzwei Seiten mit jeweils verschiedenen chemischen Reagenzien überzogen, hochempfindsam. Ich stecke ihn in einen Geruch –«

»Sie tun *was?*«

»Sie haben es gehört. Ein Geruch ist eine Emanation von Gasen aus der riechbaren Probe, die in einem Jahr mehr oder weniger einen Masseverlust von etwa einem Fünfzigmilliardstel darstellt, je nach der Stärke des Geruchs und der Konsistenz des Körpers. Ich setze diesen Knopf also unserem Cogan-Vernichter aus«, – er ging mit dem Knopf in der Hand, von dem ein Kabel heraushing, zu der Retorte und schob die Klappe ein bißchen heraus –, »und das Gas berührt alle Flächen. Jede reagiert, wenn sie kann. Die Resultate werden gesammelt, zum Olfaktometer geleitet und auf der großen Skala in eine Nummer übertragen.«

»Und das ist –«

»Das Verhältnis, von dem ich gesprochen habe. Sehen Sie... auf der Skala steht 786. Mit der willkürlich festgesetzten Frequenz abstrakten Denkens von Eintausend haben wir ein Verhältnis zwischen diesem Geruch und dem Denken.«

»Langsam, Berbelot. Ich bin Laie.«

Er lächelte.

»Das liefert uns eine Gleichung, mit der wir arbeiten können. 786 zu 1000 ist gleich X zu unserer Stereowelle.«

»Ist das denn zulässig?« fragte ich. »Eine Seite der Gleichung geht von Gedankenschwingungen aus, die andere von Radiowellen.«

»Verhältnisse sind so«, erinnerte er mich. »Ich kann ein Drittel so viele Äpfel haben wie Sie Orangen, egal, wie viele oder wie wenige Orangen Sie haben.«

»Ich betrachte mich als in die Ecke gestellt«, sagte ich. »Donnerwetter, mit dem Gerät ist es kein Wunder, daß Ihre Parfüms heutzutage praktisch ein Monopol haben. Verraten Sie ein Geschäftsgeheimnis, wenn Sie mir erzählen, was in Ihrem *Doux Rêves* zusammengemischt ist? Wie sind Sie bloß auf den Duft gekommen? Bei dem schminkt sich eine Neunzigjährige die Lippen, und ein Hundertjähriger kauft sich Gamaschen.«

Er lachte.

»Gewiß sage ich Ihnen das. *Doux Rêves* hat auf dieser Skala genau 789,783, und das ist zufällig der Geruch eines dicken, saftigen Steaks! Aber man stellt die Assoziation nicht her, wenn man den Duft kauft – bei dreihundert Dollar die Unze. Er riecht nur eben wie etwas Begehrenswertes.«

»Berbelot, Sie bemogeln die Öffentlichkeit.«

»Mmmmm-hm. Deshalb zahle ich jedes Jahr eine halbe Milliarde Einkommensteuer. Setzen Sie sich da hinüber.«

»Vor den Empfänger? Und was machen Sie?«

»Ach, ich muß hier beim Sender bleiben. Ich muß eine Trägerwelle regulieren, die über das richtige Verhältnis zu der Stereowelle verfügt. Noch nicht einschalten.«

Ich setzte mich. Dieser erstaunliche Mann stand im Begriff, etwas Unerhörtes zu tun. Ich fühlte mich auch nicht wohl dabei. Wie konnte er so zuversichtlich sein? Er wußte nicht viel über das Ätherwesen, nicht mehr als ich. Er verhielt sich wie jemand, der ganz Herr der Lage ist und der sich nicht zu sorgen braucht, daß er für sein Handeln eins übergezogen bekommt. Nun, er hatte den Geruch erfunden, nicht ich. Ich konnte ihm immer noch die Schuld geben, auch wenn ich der Anstifter gewesen war. Ich erinnere mich noch, daß ich mir überlegte, ob ich das Ätherwesen davon würde überzeugen können, falls es bösartig werden sollte. Na ja.

»Okay, Hamilton, einschalten.«

Ich tat es, und Sekunden später leuchteten die Sendezellen auf. Der Bildschirm flackerte und wurde klar, und ich sah mich darin, beinahe so, als blickte ich in einen Spiegel, nur, daß mein Abbild nicht seitenverkehrt war.

»Okay, Berbelot.«

»Gut. Und da kommt eine Prise von Berbelots *Essenz des Üblen!*«

Ich hörte einen Schalter knacken, dann das leise Scharren eines Rheostaten. Ich starrte auf mein Abbild, mein Abbild starrte auf mich, und Berbelot kam herüber, um sich so hinzustellen, daß er mich sehen konnte. Erst später fiel mir ein, daß er sehr darauf achtete, außer Reichweite des Senders zu bleiben. Das Abbild veränderte sich nicht – jede kleinste Bewegung war die meine, jedes Gesichtszucken, jede –«

»Da!« zischte Berbelot und kehrte wieder zu seiner Schalttafel zurück.

Einen Augenblick lang fiel mir nichts Besonderes auf, und dann sah ich es auch. Das winzigste Zucken der Nasenflügel. Eine plötzliche kleine Kopfbewegung. Und dann ein hörbares Schnuppern im Lautsprecher. Die Bewegung hörte ebenso schnell auf.

»Diesmal haben Sie etwas erwischt, Berbelot«, rief ich, »aber es scheint schon wieder verschwunden zu sein. Das Bild ist echt.«

»Ausgezeichnet!« sagte der alte Mann. Er schaltete den Sender ab, und der Empfängerschirm leuchtete leer. »Passen Sie auf. Ich habe ihm nur soviel verpaßt, wie wir vor ein paar Minuten gerochen haben, als die Klappe offenstand. Diesmal gebe ich ihm, was Sie dem armen Cogan zugedacht haben!«

»Guter Gott! Was soll ich tun?«

»Sitzenbleiben! Wenn sich der Äthermann aufregt, geben Sie sofort zurück. Räumen Sie nicht ein, daß wir es getan haben, um ihn zurückzulocken, sonst wird er sich nur zieren und wieder verschwinden.«

»Ich glaube, Sie haben recht. Ich soll ihn also richtig böse machen?«

»Für eine Weile. Dann schalten wir ab und nehmen ihn morgen wieder dran. Später erzählen wir ihm die ganze Geschichte; er wird sie komisch finden. Sich zu amüsieren, scheint sein ganzer Daseinsgrund zu sein – wenn man von Dasein reden kann. Dann wird er beschwichtigt sein. Wissen Sie, Hamilton, wenn wir ihn dazu bringen, daß er für uns arbeitet, könnten wir nicht schlecht verdienen. Wir könnten eine Werbeagentur aufkaufen und ihn beispielsweise dazu veranlassen, daß er die ganze Konkurrenz mit seinen Späßen ausschaltet.«

»Sie denken an alles! Also, dann los!«

Die Zellen leuchteten wieder auf, und wenige Sekunden später sah ich mich wieder auf dem Bildschirm. Mir war ein wenig mulmig. Da saß ich und sah mich an, wie ich mich ansah, wie ich mich ansah, sozusagen. Mir wurde schwindlig.

Der Rheostat bewegte sich, und irgendwo tief in der komplizierten Sendeanlage surrte etwas. Ich strengte etwa fünf Minuten lang meine Augen an. Aber mein Abbild verriet nicht durch das kleinste Anzeichen, daß es irgend etwas Besonderes wahrnahm.

»Sind Sie sicher, daß alles richtig funktioniert?« fragte ich Berbelot.

»Ganz sicher. Noch nichts? Na so was! Warten Sie. Da noch ein bißchen Saft, und ich glaube, ich kann den Geruch verstärken zu –«

»Was geht da vor?« brüllte der Lautsprecher.

Ich riß die Augen auf. Ich saß nach wie vor, aber mein Abbild stand langsam auf. Eine Seltsamkeit dabei – als es mein echtes Abbild gewesen war, hatte es mich von den Hüften aufwärts gezeigt. Als es sich auf dem Bildschirm von der Bank erhob, besaß es keine Beine. Anscheinend konnte der Äthermann nur jene Wellen verändern, die gesendet wurden. Ein unheimlicher Anblick.

Ich hätte dieses Gesicht nie als das meine erkannt. Es war verzerrt und wutentbrannt und ganz und gar unangenehm.

»Machen Sie das, Sie Kerl?« fragte er mich.

»W-was?«

»Tun Sie nicht so«, flüsterte Berbelot. Er stand abseits und starrte verzückt und hingerissen auf den Empfänger. »Machen Sie ihn fertig.«

Ich atmete tief ein.

»Mache ich was, und wer ist ein Kerl?« fragte ich angriffslustig.

»Den Gestank, und Sie sind einer.«

»Ja, das mache ich, und wer sind Sie, daß Sie mich einen nennen?«

»Hören Sie auf damit, und wie sehe ich aus?«

»Ich wäre dafür, daß ihr immer nur ein Gespräch gleichzeitig führt«, sagte Berbelot.

»Nur nicht frech werden, Bürschchen«, sagte ich zu dem Ätherwesen, »sonst komme ich hin und massier' dir den Schatten.«

»Klugscheißer, was? Na, Sie unbedeutender Fadenwurm!«

»Sie ätherisches Brechmittel!«

»Sie kleines, vierdimensionales Stinktier!«

»Sie gesichtsloses, formloses, feiges Phantasiegebilde!« Langsam machte mir das Spaß.

»Hör zu, Sumpfkrebs, wenn du nicht aufhörst damit, meine Umgebung vollzustinken, seih' ich dich durch eine Glasscheibe.«

»Versuch's mal, und ich schlag' dich so platt, daß du eine Ebene als konvexe Halbkugel ansiehst.«

»Wenn du den Mumm hättest, den Gott einer Gans gegeben hat, würdest du herkommen und dich mit mir schlagen.«

»Wenn du nicht etwa so gefährlich wärst wie eine Motte auf einem Schlachtschiff, würdest du rauskommen und dich mir mir schlagen.«

»Touché«, sagte Berbelot.

»So?« sagte das Ätherwesen.

»Ja.«

»Klischee«, sagte Berbelot.

»Dein Gesicht gefällt mir nicht«, sagte der Äthermann.

»Dann nimm es doch ab.«

»Nicht, solange ich dich damit beleidigen kann, daß du es dir ansehen mußt.«

»Damit kann man eher prahlen als mit dem deinen.«

»Na, du behaarter, feuersteinbewehrter, eingeborener Anthropophage!«

Berbelot schaltete Sender und Empfänger ab. Erst dann wurde mir klar, daß der Äthermann mich dazu gebracht hatte, rot zu sehen. Ich war aufgesprungen und im Begriff gewesen, auf ein sündteures Fernsehgerät einzuschlagen.

»Wieso denn das?« fauchte ich Berbelot an.

»Langsam, Freund, langsam!« sagte er lachend. »Der Äthermann hat erstens einmal genug. Zweitens hat er Carlyle zitiert, einen alten Schriftsteller aus dem siebzehnten oder achtzehnten Jahrhundert. Sie haben ihn so weit gebracht, daß ihm nichts Neues mehr eingefallen ist. Sehr gut!«

»Danke«, sagte ich und wischte mir die fiebrige Stirn. »Ob er zornig war?«

»Den Eindruck hatte ich. Wir nehmen ihn uns morgen vor. Ich lasse den Geruch an – eine Spur davon, damit er uns nicht vergißt.«

»Glauben Sie nicht, daß er wieder die öffentlichen Sendungen stören wird?«

»Nein. Er weiß, woher der Ärger kommt. Er ist im Augenblick nur zu wütend, um an etwas anderes als an diesen Ursprung zu denken. Die öffentlichen Sendungen fallen ihm vielleicht später ein, aber wenn die Gefahr eintritt, klären wir ihn auf und ziehen das Ganze ins Lächerliche.«

»Der Teufel soll mich holen, wenn Sie mich nicht in die verrücktesten Dinge mit hineinziehen«, sagte ich staunend.

Er lachte in sich hinein und schlug mir auf die Schulter.

»Gehen Sie hinauf, und lassen Sie sich von Cogan zu essen geben. Ich komme bald nach, ich habe noch zu tun. Sie übernachten hier, mein Junge.«

Ich bedankte mich und fuhr hinauf. Ich hätte heimgehen sollen. Ich war hundemüde, aber bevor ich zu Bett ging, mußte ich noch nachdenken. Die Mahlzeit war köstlich gewesen, wenngleich ich durch Cogans Verhalten auf dunkle Gedanken über Arsen im Kaffee und/oder ein Messer im Rücken kam. Aber das Zimmer, in das er mich geführt hatte, war wunderschön. Berbelot war, wie ich mir eigentlich hätte denken können, auf dem Gebiet der Inneneinrichtung so begabt wie auf allen anderen. Das Zimmer war in Chrom und Grau und Schwarz gehalten, alles gruppiert um einen riesigen Spiegel an der einen Seite. Ein Zimmer rund um einen Spiegel einzurichten, ist das größte Kompliment, das ein Gastgeber in einem Gästezimmer machen kann.

Es war ein faszinierender Spiegel dazu. Er war nicht direkt versilbert, sondern hatte einen stumpfgrauen Schimmer, wie unpolierter rostfreier Stahl, und ich konnte nicht erkennen, ob er aus Metall oder aus Glas war. Er gab ein wunderbares Bild wieder – tiefenscharf und echt, die natürlichen Farben hervorhebend. Wahrscheinlich wieder etwas, das er selbst ›konstruiert‹ hatte.

Ich ging zerstreut auf und ab und dachte über Berbelot und den Äthermann nach. Sie hatten viel gemeinsam. Niemand konnte genau sagen, was sie waren, wie großartig oder wie mächtig.

Mein Schatten fiel mir auf, und ich vergnügte mich einen Augenblick damit, Schatten an die Wand gegenüber dem Spiegel zu werfen. Einen Vogel – eine Katze – eine Fratze. Ich hatte das schon als Kind gemacht, und es faszinierte mich immer noch. Ich konnte das sehr gut. Ich wanderte durch das Zimmer, warf Schattenbilder an die Wand, dachte über den Äthermann und Berbelot nach und starrte plötzlich in den tiefen Spiegel.

»Hallo!« sagte ich zu meinem Spiegelbild.

Es sah mich gelassen an. Kein übel aussehender Bursche, in einem von Berbelots Zelluseide-Schlafanzügen und mit selbstsicherer Miene. Das war ein toller Spiegel. Woran lag es, daß man anders aussah? An dem Farbentrick? Nicht allein. Mal sehen. Ich streckte meine Zunge heraus, und mein Spiegelbild auch. Ich drehte eine lange Nase und fror plötzlich. Ich wußte jetzt, woran es lag.

Das Spiegelbild war – nicht seitenverkehrt.

Ich stand da, den rechten Arm erhoben, den rechten Daumen an meiner Nase. Der rechte Arm des Spiegelbilds – der auf meiner linken Seite, da es mir gegenüberstand – war erhoben, und es drehte mir eine lange Nase. Ich war weiß wie die Wand.

War ich übergeschnappt? Hatte ich einen geistigen Kater, weil ich unten das nicht seitenverkehrte Abbild auf dem Fernsehschirm gesehen hatte?

»Das ist furchtbar», sagte ich.

Es konnte kein Spiegel sein. Nicht einmal Berbelot konnte einen – aber war es überhaupt ein Spiegel? Ein – ein Fernsehbildschirm? Ausgeschlossen – nicht bei der Tiefe. Es war beinahe so, als stünde ich vor einem Glasschrank und betrachtete mich darin. Das Spiegelbild war dreidimensional. Ich dachte plötzlich, daß ich lange genug eine lange Nase gedreht hatte. Das mußte wieder so ein Trick von dem alten Schurken sein. Kein Wunder, daß er nicht mit mir zu Abend gegessen hat. Während ich beim Essen saß, hat er den Apparat hier gebaut. Wenn es wirklich ein Fernsehbildschirm war – und ich hatte noch nie von einem dieser Art gehört – dann war das Ding darin nicht ich – es war der Äthermann. Ich lauschte angestrengt und hörte tatsächlich das Summen von Senderzellen. Was für ein Gag! Irgendwo hier im Zimmer waren Zellen verborgen, die mein Bild sendeten und es über Draht zurückschickten! Aber dieser Bildschirm –

Mein Abbild spreizte plötzlich die Beine und stemmte die Hände in die Hüften.

»Was starren Sie mich so an?« fragte es mich.

»N-nichts«, sagte ich, so sarkastisch ich konnte, während meine Zähne klapperten. »Wieder der Äthermann, was?«

»Richtig. Du meine Güte, sind Sie häßlich!«

»Überlegen Sie sich, was Sie sagen!« fauchte ich. »Ich kann Sie abschalten, wissen Sie.«

»Pff!« sagte er verächtlich. »Davor brauche ich keine Angst zu haben, dank dem Trick, den Sie mir eben gezeigt haben.«

»So? Mir machen Sie nichts vor, Mann. Sie sind nur der kleine Unfall einer amoralischen kosmischen Strahlung.«

»Ich warne Sie, werden Sie nicht frech!«

»Ich mache, was mir paßt. Sie könnten nicht mal den Finger aus einer Wanne voll Talg ziehen«, sagte ich.

Er seufzte.

»Okay. Sie wollen es nicht anders.«

Und dann mußte ich das Schlimmste durchmachen, was je ein armer Sterblicher in der ganzen Geschichte der Welt erlebt hat. Es ist eine Sache, mit sich selbst im Spiegel zu streiten. Es ist wieder etwas ganz anderes, wenn das Spiegelbild mit dem Fuß ausholt, den Spiegel unter ohrenbetäubendem Krachen zerschmettert, auf dich zugeht und dich ein paarmal auf den Mund haut, bevor es dich mit einem gewaltigen rechten Haken zu Boden streckt. Das passierte mir. Genau das, so wahr ich lebe.

Ich lag auf dem Teppich und sah zu mir auf, der ich mich gerade niedergeschlagen hatte, und sagte: »Hui-i!« und schlief ein.

Ich habe keine Ahnung, wie lange ich dort lag. Als in meinem gebeutelten Hirn wieder Licht dämmerte, kniete Berbelot neben mir und massierte meine Handgelenke. Der schöne Spiegel – oder, was zum Teufel, es sonst war – lag in etlichen tausend Splittern am Boden, und ich war seelisch ebenso demoliert. Mir wurde endlich klar, daß Berbelot etwas sagte.

»Hamilton! Was ist passiert? Was ist passiert? Wissen Sie, daß Sie eben eine Anlage für dreißigtausend Dollar kaputtgeschlagen haben? Was ist los mit Ihnen... sind Sie krank?«

Ich rollte mich herum und setzte mich auf, dann kroch ich auf den Händen zu Berbelot und stand auf. Mein Kopf fühlte sich an wie ein pelzbezogener Feuerball, und jedesmal, wenn mein Herz schlug, blendete er mich.

»Warum haben Sie den Empfänger demoliert?« sagte Berbelot aufgebracht.

»Ich demoliert? Ich habe ihn nicht demoliert... *ich* habe ihn demoliert«, sagte ich betäubt. »Ich stand vor dem Spiegel, und wer tritt ihn zusammen und schlägt mich nieder als mein Selbst –« Ich schüttelte den Kopf und wurde von Schmerzen am ganzen Körper geschüttelt. – »Au! Ffuh! Ich stand vor –«

»Aufhören!« fauchte Berbelot.

Fast schlagartig kam ich zu mir.

»Empfänger. Was heißt ›Empfänger‹?«

Berbelot war außer sich vor Wut.

»Der neue hier«, sagte er und deutete auf den Scherbenhaufen.

»Mein erster dreidimensionaler Fernsehempfänger, mit dem alle bisherigen Verfahren überholt sind!«

»Was – was –?«

Er beruhigte sich, wie immer, wenn er vom Fernsehen erzählte.

»Ein Kasten mit winzigen Projektoren«, sagte er. »Sie sind hinter dem Schirm angebracht, den Sie eben zerschlagen haben. Warum sind Sie auf der Welt?« jammerte er. »Warum muß ich Ihretwegen so leiden?«

»Moment mal. Ich habe Ihren Bildschirm nicht kaputtgeschlagen.«

»Sie haben doch eben gesagt –«

»Mhm. Es war der Äthermann. Ich fing an, mit ihm zu streiten, und er trat den Bildschirm zusammen und verprügelte mich.«

»Was?« sagte Berbelot entsetzt. »Sie sind ja völlig verrückt geworden! Das war Ihr eigenes Spiegelbild! Sie sind gesendet worden, und Ihr Bild wurde hierher übertragen!«

»Sie sind ein schwachsinniger alter Gestankfabrikant!« brüllte ich. »Ich habe wohl Ihren Spiegel kaputtgeschlagen, drei Zähne zum Wackeln gebracht und mich dann plattgeschlagen, nur damit ich Ihnen was vorlügen kann?«

»Das kommt davon, wenn man einen erwachsenen Kretin zu einem Experiment beizieht«, stöhnte Berbelot. »Strapazieren Sie meine Geduld nicht mehr, Hamilton!«

»*Ihre* Geduld? Was, zum Teufel, hatte das Ding überhaupt in dem Zimmer hier zu suchen?«

Er grinste schwach.

»Ach – das. Na ja, ich wollte mich bloß ein bißchen mit Ihnen amüsieren. Nachdem Sie gegangen waren, setzte ich mich mit dem Äthermann in Verbindung und sagte ihm, er solle sich bereithalten, ich würde ihn in Verbindung setzen mit – mit dem Kerl, der seine Welt vollstank.«

»Sie alter Halunke! Sie wollten, daß ich die ganze Nacht mit dem verirrten Gammateilchen streite, wie? Na, ich sollte eigentlich..., und ich glaube, das mach' ich!« Und ich packte ihn am Hals.

»Darf *ich?*«, sagte eine Stimme hinter uns, und wir wurden gepackt, jeder an einer Schulter. Dann knallten unsere Köpfe gewaltig zusammen, und wir krochen zu Füßen meines Ebenbildes. Berbelot blickte staunend auf.

»Wo waren Sie?« knurrte ich.

»In der Ecke«, sagte er und zeigte mit dem Daumen über die Schulter. »Ihr seid ein hübsches Paar, das muß ich schon sagen.«

»Berbelot«, sagte ich, »darf ich Ihnen Ihren Äthermann vorstellen? Und jetzt stelle ich mich auf Ihr Gesicht, bis Sie mir die Schuhe abnagen, weil Sie mich einen Lügner genannt haben.«

»Na, mich soll doch –!« sagte Berbelot.

»Ihr beiden solltet euch lieber in ganz hysterischer Hast äußern«, sagte der Äthermann ruhig, »sonst nehme ich euch auseinander und setze euch wieder zusammen, aber abwechselnd mit den jeweiligen Teilen.«

»Ach, wir haben nur versucht, wieder Kontakt aufzunehmen.«

»Wozu?«

»Wir interessieren uns für Sie. Wir haben vor etwa einem Jahr mit Ihnen gesprochen, und Sie sind verschwunden. Wir wollten wieder mit Ihnen reden.« Trotz meiner Wut auf ihn fand ich an Berbelot wieder etwas zu bewundern. Er hatte an die sonderbare Kindlichkeit des Äthermannes gedacht und benützte sie.

»Aber Sie haben doch gesagt, ich soll mich nicht einmischen!« Ah – das Wesen begann schon zu klagen, freundlich defensiv. Seine Wandelbarkeit war erstaunlich.

»Er hat es gesagt«, schnaubte Berbelot und deutete auf mich, der ich mich herumrollte und meinen doppelt lädierten Schädel bejammerte. »Ich nicht.«

»Ihr sprecht also nicht füreinander? Wir schon.«

»Ihr seid ein homogenes Wesen, im Singular wie im Plural. Nicht die ganze Menschheit ist mit meiner freundlichen Art gesegnet.«

»Na, Sie alter Narziß!« schnaubte ich und wollte mich auf ihn stürzen. Für jeden Zentimeter, den ich vorankam, stieß mich der Äthermann mit dem Fuß einen halben Meter zurück. Ich stöhnte weiter.

»Sie meinen, Sie sind mein Freund, und er ist es nicht?« sagte der Äthermann und starrte mich kalt an, wie man es mit einer Schabe macht, die man zertritt, falls und sobald sie sich von der Wand entfernt.

»Ach, so weit würde ich nicht gehen«, sagte Berbelot gütig.

Ich hatte eine Eingebung, die mir vielleicht sogar das Leben rettete.

»Sie sagten, Sie hätten von mir gelernt, wie man aus dem Fernsehgerät steigt!« stieß ich hervor.

»Richtig. Dafür sollte ich Ihnen eigentlich dankbar sein. Ich werde Sie nicht in kleine Stücke zerreißen.« Er wandte sich an Berbelot. »Ich habe Ihren Ruf natürlich gehört, aber den Grund dafür nicht verstanden. Wenn ich etwas sage, meine ich es im allgemeinen auch. Die Menschen sind nicht zu begreifen, aber sehr komisch.«

Der Wissenschaftler in Berbelot schnellte empor.

»Was haben Sie da eben erwähnt? Hamilton habe Ihnen gezeigt, wie man aus dem Gerät steigt?«

»Ach, ich habe ihn vom Bildschirm da drüben beobachtet. Tut mir leid, daß ich ihn zerbrochen habe. Er ging durch das Zimmer und machte mit Schatten Bilder an die Wände. Das mache ich auch.«

»Schattenbilder?«

»Gewiß. Ich bin ein Wesen, das in fünf Dimensionen lebt und vier wahrnimmt, so, wie ihr in vier Dimensionen lebt und drei wahrnehmt. Er hat dreidimensionale Schatten gemacht, die auf eine zweidimensionale Fläche projiziert wurden. Ich mache vierdimensionale Bilder, die in drei Dimensionen projiziert werden.«

Berbelot zog die Brauen zusammen.

»Auf welcher Fläche?«

»Auf der eurer vierten Dimension, versteht sich.«

»Unserer vierten. Hm-m-m... mit welcher Lichtquelle?«

»Mit einer fünfdimensionalen, so, wie etwa Ihre Sonne vier hat.«

»Wie viele Dimensionen gibt es insgesamt?«

»Wie hoch ist oben?« sagte der Äthermann zwinkernd.

»Könnte ich mich in Ihre Welt projizieren?«

»Ich weiß es nicht. Vielleicht – vielleicht auch nicht. Hören Sie auf, diesen gräßlichen Gestank zu erzeugen?« sagte er plötzlich.

»Selbstverständlich! Wir haben ihn nur erzeugt, um Sie so zornig zu machen, daß Sie zu uns kommen. Wir haben es nicht so gemeint.«

»Oh!« schrie der Äthermann begeistert. »Ein Scherz! Lustig!«

»Sagte doch, daß er es gut aufnimmt«, murmelte Berbelot.

»Ja – und wenn nicht? Sie sind ein Halunke, Berbelot. Sie haben dafür gesorgt, daß nicht Sie es sein würden, der eins draufbekommt, wenn etwas schiefgeht. Sehr freundlich.« Eine Weile herrschte peinliche Stille, dann grinste ich. »Ach was, Sie hatten sich alles ausgerechnet, Berbelot. Meine Hand darauf. Ich hätte es genauso gemacht, wenn ich den Grips hätte.«

»Er ist gar nicht so übel, wie?« sagte der Äthermann überrascht und starrte mich an.

»So, ist jetzt alles in Ordnung, Äthermann? Haben Sie das Gefühl, daß Sie willkommen sind, wann immer Sie erscheinen?«

»Ja – ja, ich denke doch. Aber auf diesem Weg komme ich nicht mehr. Ich kann nur in dieser herrlichen dreidimensionalen Maschine von Ihnen Form annehmen, und ich muß einen Bildschirm zerstören, um herauszutreten. Tut mir leid. Aber ich rede gern jederzeit mit Ihnen. Und darf ich gelegentlich etwas für Sie tun?«

»Warum sollten Sie?« sagte ich düster.

»Ach, denken Sie doch an den *Spaß*, den wir haben können!«

»Möchten Sie wirklich etwas für uns tun?«

»O ja. Bitte.«

»Können Sie Ihre Störungen zu jeder Zeit in jede Funkfrequenz einbringen?«

»Gewiß.«

»Passen Sie auf. Wir gründen eine Firma, um für bestimmte Produkte zu werben. Es gibt andere Firmen in dieser Branche. Lassen Sie unsere Sendungen ganz in Ruhe, und amüsieren Sie sich allein mit unseren Konkurrenten?«

»Das wäre prima!«

»Das wird prima!«

»Berbelot, wir sind reich!«

»Sie sind reich«, verbesserte er glucksend. »Ich bin reicher!«

Der Wechselbalg

»Das ist eine ganz kurzfristige Sache«, sagte Michaele und warf ihr gleißendes Haar auf die Schultern zurück. »Wir müssen in acht Tagen ein Baby haben, oder das ganze Geld ist futsch.«

»Wir besorgen irgendwo eines. Könnten wir nicht eines adoptieren oder was?« sagte ich, riß am Bachufer einen Grashalm heraus und schob ihn zwischen die Vorderzähne.

»Das dauert Wochen. Vielleicht könnten wir eines entführen.«

»Es gibt Gesetze. Gesetze dienen dem Schutz der Menschen.«

»Warum müssen es immer die anderen sein?« Mike begann sich zu ereifern. »Shorty, stemm deinen Wanst vom Boden und laß dir was einfallen.«

»Kann so besser denken«, sagte ich. »Wir können uns eines ausborgen.«

»Hör zu«, sagte Mike. »Wenn ich ein Kind in die Hände bekomme, müssen dieses Kind und ich eine kurze, aber rigorose Trainingszeit durchmachen. Es wird hart werden. Wenn ich ein Baby hätte, und irgend jemand wollte es sich für einen solchen Zweck ausborgen, dächte ich auch nicht daran, es herzugeben.«

»Ach, du wärst nicht so wild«, sagte ich. »Du hast mütterliche Instinkte und so.«

»Shorty, du scheinst nicht zu begreifen, daß Babys sehr zerbrechliche Wesen sind und man überaus vorsichtig und geschickt mit ihnen umgehen muß. Ich weiß *überhaupt* nichts von ihnen. Ich bin ein Einzelkind und bin von der Oberschule sofort auf ein Handelscollege und von dort in ein Büro gekommen. Die einzige Erfahrung, die ich je mit einem Baby hatte, war, als ich einen Nachmittag lang auf eines aufpaßte. Es kreischte die ganze Zeit, solange ich da war.«

»Hättest die Windeln wechseln sollen.«

»Hab' ich.«

»Dann mußt du es mit einer Sicherheitsnadel gestochen haben.«

»Hab' ich nicht! Du scheinst eine Menge über Kinder zu wissen«, sagte ich hitzig.

»Klar. War selber mal eins.«

»Gemeiner Kerl!« Sie stürzte sich auf mich und rollte mich in den Bach. Ich tauchte prustend und fluchend auf. Sie packte mich am Kragen, zerrte mich halb ans Ufer und stieß meinen Kopf auf den weichen Boden.

»Laß meine Birne los«, ächzte ich. »Mach keine dummen Witze.«

»Bist du jetzt vernünftig? Shorty, hör auf mit dem Quatsch. Das ist ganz ernst. Deine Tante Amanda hat uns dreißigtausend hinterlassen, vorausgesetzt, wir können ihrer Schwester Jonquil beweisen, daß wir die richtige Art von Leuten sind. ›Diejenigen, die für ein Baby sorgen können, können auch mit Geld umgehen‹, hat sie immer gesagt. Wir müssen dreißig Tage lang unter Jonquils Augen ein Baby versorgen. Keine Kindermädchen, keine Wäscherinnen, nichts.«

»Warten wir, bis wir ein eigenes haben.«

»Sei nicht blöd! Du weißt genausogut wie ich, daß du mit dem Geld eine eigene Firma aufmachen *und* die Hypothek auf die Hütte bezahlen kannst. *Und* sie neu einrichten. *Und* ein neues Auto kaufen.«

»*Und* einen Pelzmantel. *Und* einen Sternsaphir. Vielleicht bekomme ich sogar neue Socken.«

»*Shorty!*« Ihre Lippen zitterten. Ihre schönen grünen Augen waren voller Tränen.

»Oh, Liebling, das hab' ich nicht so – Komm her, und laß dich küssen.«

Sie tat es. Dann machte sie genau dort weiter, wo sie aufgehört hatte. Sie ist so. Sie kann bei einer harmlos-zynischen Bemerkung in Tränen zerfließen, und wenn ich mich entschuldige, schnupft sie einmal, und die Tränen kehren alle in ihre Augen zurück, ohne gebraucht worden zu sein. Sie hebt sie auf für den jeweiligen Bedarf, statt sie zu vergeuden.

»Aber du weißt ganz genau, wenn wir nicht zu Geld kommen – zu einer Menge Geld – und zwar möglichst schnell, dann verlieren wir das kleine Haus und die Garage, die wir gebaut haben, nur um ein neues Auto hineinzustellen. Wär' das nicht albern?«

»Nein. Keine Garage, kein Auto ist nötig. Spart eine Menge Geld!«

»Shorty – bitte.«

»Gut, gut. Die Tatsache, daß alles, was du sagst, richtig ist, hilft uns nicht, für dreißig Tage ein Baby zu bekommen. Überhaupt – zum Teufel mit dem Geld! Geld ist nicht alles!«

»Natürlich nicht, Liebling«, sagte Michaele weise, »aber es ist das, womit man alles kauft.«

Ein plötzliches Klatschen im Wasser schreckte uns auf. Mike kreischte: »Shorty – pack ihn!«

Ich stürzte ins Wasser und holte ein ganz winziges, ganz schmutziges – Baby heraus. Es hatte einen zerfetzten Strampelanzug an und besaß ein Elfengesicht, große, blaue Augen und einen goldenen Haarschopf. Es betrachtete mich und besprühte mich – b-b-b-b-b-b-br-r-r – mit einem Mundvoll Wasser.

»Ach, der arme, süße, kleine Engel!« sagte Mike. »Gib ihn mir, Shorty! Du hältst ihn wie einen Sack Zucker!«

Ich stieg vorsichtig aus dem Bach und reichte ihn hinüber. Michaele nahm den verdreckten Spatz in die Arme, ohne zu beachten, wie sich das auf ihre weiße Leinenbluse auswirkte. Dieselbe weiße Leinenbluse, dachte ich bitter, deretwegen ich aus dem Haus gejagt worden war, als ich Zigarettenasche daraufgestreut hatte. Ich kam mir ganz seltsam vor, als ich beobachtete, wie Mike mit dem Kind umging. So hatte ich sie mir nie vorgestellt.

Das Baby betrachtete Mike ernsthaft, als sie von einem armen, ertrinkenden Schnuckiputzi erzählte und sich erkundigte, ob der böse Mann es denn schlimm behandelt habe. Das Baby rülpste vielsagend.

»Er rülpst auf Englisch!« sagte ich.

»Hat er denn ein Bäuerchen demacht?« säuselte Mike. »Gib uns mal ein Küßchen, Spatzilein.«

Das Baby warf auf der Stelle die kleinen Arme um ihren Hals und gab ihr einen Mordsschmatz auf den Mund.

»Oho!« sagte Mike, als sie wieder zu Atem kam. »Shorty, da könntest du was lernen!«

»Von wegen lernen«, sagte ich eifersüchtig. »Mike, das ist kein Baby, das ist irgendein alter Knabe in seiner zweiten Kindheit.«

»Die Idee!« Sie schäkerte ein bißchen mit dem Kleinen, dann sagte sie plötzlich: »Shorty – worüber haben wir gesprochen, bevor der

Himmel sich öffnete und dieses kleine Päckchen –« Hier versuchte das Baby, sich aus ihren Armen zu winden, und sie verstummte, um es fester zu ergreifen.

»Päckchen, was?« sagte ich.

»Päckchen Freude.«

»Ah! Päckchen Freude. Worüber wir gesprochen haben? Über Ba – He! Babys!«

»Richtig. Und über ein Testament. Und dreißigtausend Dollar.«

Ich betrachtete das Kind mit neuen Augen.

»Was glaubst du, wer zu dem jungen Herrn gehört?«

»Jemand, der ihn offenbar nicht vermißt, wenn wir ihn auf dreißig Tage mitnehmen«, sagte sie. »Egal, wie ungeschickt ich mit ihm umgehe, es wird immer noch besser sein als das, was er gewöhnt ist. Ein Baby mutterseelenallein im Wald herumkriechen lassen! Na, das ist doch einfach das letzte!«

»Das Baby scheint sich nicht daran zu stören«, sagte ich. »Ich weiß, was wir machen – wir versorgen ihn ein paar Tage, dann sehen wir, ob jemand Anspruch auf ihn erhebt. Wir hören Radio und studieren die Zeitungen und achten auf das, was so geflüstert wird. Wenn ihn wirklich jemand beansprucht, können wir uns vielleicht über eine Leihzeit einigen. Auf jeden Fall fangen wir gleich an mit ihm.«

In diesem Augenblick schlängelte das Baby sich aus Mikes Armen und flüchtete durch das Gras.

»Ach du Schreck! Schau ihn dir an!« sagte sie und raffte sich auf. »Fang ihn, Shorty!«

Der Säugling kroch eilig – lief auf Händen und Knien – zum Bach hinunter. Ich erreichte ihn kurz vor dem Wasser und packte ihn am Hosenboden. Als er hochgehoben wurde, schaufelte er eine Handvoll Dreck hoch und warf ihn mir in die Augen. Ich schrie auf und ließ ihn fallen. Als ich wieder etwas Licht sah, erblickte ich Michaele bei einem selbstmörderischen Sprung in einen Brombeerstrauch. Ich eilte hin, während meine Lider auf ganz unangenehme Weise knirschten. Michaele lag ausgestreckt hinter dem Baby, das ebenfalls ausgestreckt am Boden lag, die kleinen Füße fest von Mikes Händen umklammert. Es pflückte unbekümmert Brombeeren.

Mike schob sich auf die Knie und dann hoch und hob das Baby auf, das zufrieden kaute.

»Ich bin verärgert über dich«, sagte sie mit funkelnden Augen. »Ein unschuldiges Kind so umherzupfeffern! Es ist ein Wunder, daß du ihm nicht alle Knochen in seinem armen, kleinen Leib gebrochen hast!«

»Aber ich... Er hat mir Dreck in die –«

»Such dir einen gleichwertigen Gegner aus, du gemeiner Kerl! Ich hab' bis jetzt nicht gewußt, daß du ein Sadist mit Minderwertigkeitskomplex bist!«

»Und ich hab' bis jetzt nicht gewußt, daß es stimmt, was sie über den Kerl in der dreieckigen Hose sagen – der König kann nichts Falsches tun! Was ist mit deinem Gerechtigkeitssinn, hm? Der kleine Balg da –«

»Shorty! So von einem armen, kleinen Baby zu reden! Es ist wunderschön! Er hat es doch gar nicht so gemeint. Er ist zu jung und weiß es noch nicht besser.«

Mit der tiefsten, dröhnendsten Baßstimme, die ich je gehört habe, sagte das Baby: »Lady, ich weiß genau, was ich mache. Ich bin alt genug.«

Wir setzten uns beide hin.

»Bist du das gewesen?« fragte Mike.

Ich schüttelte betäubt den Kopf.

»Alle zwei bekloppt«, sagte das Baby.

»Wer – Was bist du?« fragte Mike atemlos.

»Wie seh' ich aus?« sagte das Baby und zeigte seine Zähne. Es hatte ganz scharfe, blendend weiße Zähne – zwei oben und vier unten.

»Ein kleines Päckchen –«

»Shorty!« Mike hob einen schlanken Finger.

»Lassen Sie ihn nur«, knurrte das Kind. »Ich kenne genug ordinäre Ausdrücke. Nur zu, Freund.«

»Du bist dran. Was bist du – ein Zwerg?«

Ich hatte das Wort kaum ausgesprochen, als das Baby zu mir herüberkrabbelte und mir eine Rechte ans Kinn verpaßte, daß mir der Kopf wackelte.

»Das ist das letztemal, daß das einer zu mir sagt!« brüllte er mit ohrenbetäubender Lautstärke. »Nein! Ich bin kein – kein –, was Sie gesagt haben. Ich bin ein vorläufiger Wechselbalg, und das ist alles.«

»Was, um alles in der Welt, ist das?« fragte Mike.

»Genau, was ich sage!« fauchte das Baby, »ein vorläufiger Wechselbalg. Wenn die Leute ihre kleinen Kinder zu gut – oder nicht gut genug – behandeln, tauche ich in ihren Wiegen auf und zeig's denen mal. Nur bin ich immer das genaue Ebenbild von ihrem Kind. Wenn sie zur Vernunft kommen und es richtig zu behandeln gelernt haben, bekommen sie ihre Kinder wieder – nicht vorher.«

»Wer sorgt für den Austausch? Ich meine, für wen arbeitest du?«

Das Baby deutete auf das Gras zu unseren Füßen. Ich mußte zweimal hinschauen, bevor ich begriff, was es meinte. Die Halme waren dunkel, glänzend und üppig in einem perfekten Kreis von etwa eineinhalb Meter Durchmesser.

Michaeles Atem stockte, und sie preßte die Fingerknöchel auf die Lippen.

»Die Feenwelt«, hauchte sie.

Ich wollte gerade sagen: »Sei nicht albern, Mike!«, aber ihr angespanntes Gesicht und das Nicken des Babys hielten mich zurück.

»Arbeitest du für uns?« sprudelte sie hervor. »Wir brauchen für dreißig Tage ein Baby, um die Bedingungen eines Testaments zu erfüllen.«

»Ich hab' euch darüber reden hören«, sagte das Baby. »Nein.«

»Nein?«

»Nein.«

Eine Pause.

»Hör zu, Kleiner«, sagte ich, »was möchtest du? Geld? Essen? Schokolade? In den Zirkus?«

»Ich mag Steaks«, sagte das Kind brummig. »Wenig angebraten, frisch, dick. Zwiebeln dazu. So rosig gebraten, daß sie ›Muh‹ rufen, wenn ich reinbeiße. Wieso?«

»Gut«, sagte ich. »Wenn du für uns arbeitest, bekommst du alle Steaks, die du essen kannst.«

»Nein.«

»Was würdest du verlangen, um für uns zu arbeiten?«

»Gar nichts. Ich will nicht für euch arbeiten!«

»Was sollen wir tun?« flüsterte ich Mike zu. »Das wäre ideal!«

»Überlaß das mir! Schau – Baby – wie heißt du eigentlich?«

»Percival. Aber nenn mich nicht Percival! Butch.«

»Also, paß auf, Butch, wir stecken in einer Klemme. Wenn wir nicht bald einen Sack voll Geld bekommen, verlieren wir das hübsche kleine Haus da drüben.«

»Was ist denn mit *dem* da? Kann er die Zahlungen nicht mehr leisten? Was ist er – ein Taugenichts?«

»He, du –«

»Sei still, Shorty. Er fängt erst an, Butch. Er ist Partylieferant, aber er braucht ein eigenes Geschäft, bevor er richtig Geld verdienen kann.«

»Was passiert, wenn ihr das Haus verliert?«

»Möbliertes Zimmer. Für uns beide.«

»Na und?«

Ich spannte die Muskeln an. Das war eine Frage, die ich ihr selbst gestellt hatte.

»Nicht für mich. Ich könnte so nicht leben.« Mike konnte vieles, aber nicht lügen.

Butch zog die nicht vorhandenen Brauen zusammen.

»Könnte nicht? Wissen Sie, das gefällt mir. Hohe Ansprüche.« Seine Stimme wurde tiefer, und er fragte scharf: »Würden Sie mit ihm in einem möblierten Zimmer leben, wenn es keine andere Möglichkeit gäbe?«

»Aber natürlich.«

»Ich helfe Ihnen«, sagte Butch sofort.

»Warum?« fragte ich. »Was versprichst du dir davon?«

»Nichts – ein bißchen Spaß, vielleicht. Ich helfe euch, weil ihr Hilfe braucht. Das ist der einzige Grund, warum ich überhaupt je etwas für jemanden mache. Das ist das einzige, was ihr gleich hättet sagen sollen – daß ihr in der Klemme seid. Sie und Ihre Bestechungsversuche!« fuhr er mich an und wandte sich wieder Mike zu. »Den Kerl kann ich schon nicht leiden«, sagte er.

»Und ich dich von Anfang nicht«, sagte ich.

Als wir zum Haus zurückgingen, sagte Butch: »Aber bekomm' ich meine Steaks?«

Tante Jonquils Haus stand allein auf einem großen Grundstück und glich einer Dame mit geziert gerafften Röcken und mahnendem Ausdruck. Es sah aus, als habe es sich zwischen zwei andere Häuser gezwängt, um sich zu verstecken, während irgendein Schurke die anderen Häuser wegnahm.

Und Tante Jonquil war, wie ihr Haus, fünfmal so lang wie breit, ausgesprochen praktisch gesinnt, unschön geschmückt und alleinstehend. Sie betrachtete die Ehe als ein bedauernswertes, notwendiges Übel. Sie selbst hatte nie geheiratet, weil sie Männer ungeschliffen fand. Sie mißbilligte Rauchen, Trinken, Fluchen, Glücksspiel und lautes Gelächter. Ein Lächeln gefiel ihr nur, wenn sie ganz begriff, worüber gelächelt wurde; sie mißtraute Anzüglichkeiten. Ein höfliches Lachen war etwas, das sie sich vielleicht zweimal die Woche gestattete, vorausgesetzt, es wurde durch zehn Minuten Ernst mit erstarrter Miene gesühnt. Im übrigen war sie ein guter Mensch. Fein.

Auf dem Weg in die Stadt ließ ich folgende entnervende Konversation über mich ergehen.

Butch sagte: »Dummkopf! Fahren Sie vorsichtiger!«

»Er macht es gut«, sagte Mike. »Im Ernst. Es wundert mich. Sonst ist er ein Indianer.« Sie sah bezaubernd aus in einer erbsengrünen Leinenjacke und einem ganz schlichten weißen Rock und einem hellen Strohhut, der aussah wie ein Heiligenschein.

Butch trug eine Spitzenhaube und ein böses Funkeln in den Augen, zum Ausgleich für die engelhafte Kombination von himmelblauem Strickjäckchen mit weißen Höschen und flaumigen Angorastiefelchen, auf denen er bestanden hatte, weil ich Marineblau trug und er wußte, daß das bei mir alles fusseln würde. Wegen meinem eher ungeschickten Umgang mit seinen Windeln war ihm wohl nicht besonders bequem. Und der Grund dafür, daß ich das gemacht hatte, sollte uns mehr als ein bißchen Ärger bringen. Butch vertrat fortschrittliche Ideen über Privatsphäre und Schicklichkeit. Er dachte so wenig daran, sich von Mike baden oder die Windeln wechseln zu lassen, wie ich auf die Idee gekommen wäre, mich von der Monroe wickeln zu lassen. Ich dachte darüber nach und sagte: »Butch, deine Prüderie wird bei Tante Jonquil schwer aufrechtzuerhalten sein.«

»Kümmere du dich drum, Freund«, sagte der Säugling, »sonst

stell' ich die Arbeit ein. Ich laß mich von keiner Frau befummeln. Wofür hältst du mich – für einen Exhibitionisten?«

»Ich halte dich für einen Lügner«, sagte ich. »Und ich will dir auch sagen, warum. Du hast gesagt, deine Lebensaufgabe bestehe darin, kleine Kinder zu ersetzen. Wie kannst du das, mit solchen Ideen? Wem willst du da was vormachen?«

»Oh«, sagte Butch, »das. Na, ich kann ja ruhig zugeben, daß ich die Art von Arbeit schon seit Jahren nicht mehr gemacht habe. Ich hatte die Nase voll. Ich wurde älter und ... na, ihr könnt es euch vorstellen. Vor etwa dreißig Jahren hatte ich einen Auftrag, und die Frau wechselte meine Windeln, als ein halbes Dutzend Weiber von ihrem Nähzirkel daherkam. Sie hörte mitten in der Wickelei auf und rief, sie sollten alle reinkommen und sich ansehen, wie süß ich aussähe, so, wie ich sei. Ich sprang aus der Wiege, packte eine Windel und hielt sie mir vor, während ich dem ganzen Verein klarmachte, was das für eine Art sei und daß sie gefälligst verschwinden sollten. Dafür wurde ich hinausgeschmissen. Ich dachte, sie würden mich fürs Spuken einsetzen oder für den Abwasch bei kranken Leuten und so, aber nein – sie machten mich fertig. Ich müsse so bleiben, hieß es, bis ich bereuen würde.«

»Und tust du das?« kicherte Mike.

Butch schnaubte verächtlich.

»Nicht so, daß es auffällt«, knurrte er. »Bereuen, weil ich an Anstand glaube? Hö!«

Wir warteten, nachdem wir geläutet hatten, lange Zeit, bis Tante Jonquil die Tür öffnete. Sie brauchte so lange, um heimlich aus dem Erkerfenster zu gucken und ein entsprechendes Gesicht aufzusetzen, damit sie der angeheirateten Nichte entgegentreten konnte, die ihr anspruchsloser Neffe mitgebracht hatte.

»Jonquil!« sagte ich herzlich, stürzte vor und gab ihr das vorgeschriebene Küßchen auf die Wange. Jonquil erwartete, daß ihre Verwandten ihre ledrige Wange genauso gebrauchten wie sie selbst eine Serviette. Pick. Trockene Fläche auf trockener Fläche. Feuchtigkeit ist vulgär.

»Und das ist Michaele«, sagte ich und trat beiseite.

Mike sagte scheu: »Guten Tag« und lächelte.

Tante Jonquil trat einen Schritt zurück und hielt den Kopf so, als betrachte sie Mike durch die Nasenlöcher.

»Oh, ja«, sagte sie, ohne die Lippen zu bewegen. Das Lächeln verschwand von Mikes Gesicht und kehrte mit einer Willensanspannung zurück, die schmerzte. »Kommt herein«, sagte Jonquil schließlich mit einigem Widerstreben.

Wir marschierten durch eine Diele und betraten den Salon. Es war kein Wohnzimmer, es war wahrhaftig ein Salon mit Sofaschonern und Meeresmuscheln. Der Grundton war Sepia – hell der Hintergrund der großgeblumten Tapeten, dunkel die Möbel. Die Stühle und ein hart aussehender Diwan waren bezogen mit einem Material, das aussah, als wäre es vor einigen Monaten von Blut übergossen worden. Als Butch die glasumgebene Ungeheuerlichkeit aus Heu und toten Blumen über dem Kamin sah, würgte es ihn hörbar.

»Wie schön du es hier hast«, sagte Mike.

»Freut mich, daß es dir gefällt«, bestätigte Jonquil tonlos. »Sehen wir uns das Kind an.« Sie ging hin und betrachtete Butch. Er starrte finster zurück. »Du lieber Himmel!« sagte sie.

»Ist er nicht süß?« sagte Mike.

»Gewiß«, sagte Jonquil ohne Begeisterung und fügte nach Durchsicht ihres Schatzes an Fertigausdrücken hinzu: »Das kleine Kerlchen!« Sie kitzelte sein Kinn mit ihrem spitzen Zeigefinger. Er begann augenblicklich zu plärren, mit dem heiseren, schrillen Geheul eines echten Säuglings.

»Der arme Schatz ist müde nach der Fahrt«, sagte Mike.

Jonquil, erschreckt von Butchs Stimmexplosion, begriff und führte uns hinauf.

»Ist das ganze verflixte Haus so?« flüsterte Butch heiser.

»Nein. Ich weiß nicht. Sei still«, sagte Mike. Meine Tante, die sehr gut hörte, fuhr auf der Treppe herum. »Und du tust jetzt ssön sslafen«, tönte sie laut. Sie beugte sich über ihn und zischte: »Und plärr weiter, du kleines Ekel!«

Butch schnaubte und gehorchte dann.

Wir betraten ein schmucklos eingerichtetes Schlafzimmer, so kärglich, wie Räume im vorigen Jahrhundert nur zu Schlafzwecken gebraucht wurden, und deshalb so möbliert, daß es für jeden, der anderes im Sinn hatte als Schlaf, gänzlich unattraktiv war. Es war ganz in Grau und Weiß gehalten; der einzige Farbtupfer im Zimmer war die Bettstatt, eine auf Hochglanz polierte Pfeifenorgel. Mike legte das Baby auf das Bett und zog ihm Stiefelchen, Jäckchen und Hemden aus. Butch steckte die Faust in den Mund und wartete angespannt.

»Oh – das hätte ich beinahe vergessen. Ich habe die Wiege, in der du gelegen hast, oben im Speicher«, sagte Jonquil. »Ich hätte sie schon herrichten sollen. Dein Telegramm ist ein wenig plötzlich gekommen, Horace. Du hättest mir früher mitteilen sollen, daß ihr heute kommt.« Sie verließ das Zimmer.

»Horace! Na, das ist doch – Du heißt Horace?« sagte Butch freudig.

»Ja«, knurrte ich. »Aber für dich immer noch Shorty, verstanden, kleiner Mann?«

»Und ich hab' gefürchtet, daß du Percival zu mir sagst!«

Ich half, die Wiege aufzustellen, und wir steckten Butch zu seinem Schläfchen hinein. Es gelang mir, an seiner Bettdecke herumzufummeln, als Mike sich pflichtgemäß bückte, um ihm einen Kuß zu geben. Ich packte Butch am Kinn und drückte ihn nieder, so daß der Kuß auf seiner Stirn landete. Er war wütend und biß mich in den Finger, bis er blutete. Ich steckte ihn in die Tasche und sagte: »Wir sehen uns später, Schnuckiputzi!« Er gab ein Geräusch von sich, und Jonquil floh errötend.

Wir versammelten uns in der Küche, die weit und breit der gemütlichste Raum im ganzen Haus war.

»Wo, um alles in der Welt, habt ihr das Kind her?« fragte Jonquil und guckte in einen gut riechenden Topf auf dem alten Herd.

»Nachbarkind«, sagte ich. »Die Leute sind sehr arm und waren froh, daß sie es für ein paar Wochen loswurden.«

»Er ist ein Findelkind«, ergänzte Mike phantasiereich. »Vor die Tür gelegt. Er ist nicht adoptiert und nichts.«

»Wie heißt er?«

»Wir nennen ihn Butch.«

»Wie vulgär!« sagte Jonquil. »In meinem Haus wird kein Kind Butch gerufen. Wir müssen ihm einen feineren Namen geben.«

Ich hatte eine Eingebung.

»Wie wär's mit Percival?« sagte ich.

»Percival. Percy«, murmelte Jonquil versuchsweise. »Das ist viel besser. Das geht. Ich habe einmal jemanden gekannt, der Percival hieß.«

»Oh – nennt ihn lieber nicht Percival«, sagte Mike und warf mir ihren Das-kann-nichts-Gutes-werden-Blick zu.

»Warum nicht?« sagte ich harmlos. »Wunderschöner Name.«

»Ja«, sagte Mike. »Wunderschön.«

»Wann bekommt Percival sein Essen?« fragte Jonquil.

»Um sechs.«

»Gut«, sagte Jonquil. »Ich füttere ihn!«

»O nein, Tante Jonquil. Das ist unsere Aufgabe.«

Ich glaube, Jonquil lächelte tatsächlich.

»Ich glaube, ich möchte das gerne tun«, sagte sie. »Ihr macht doch keine unausweichliche Pflicht daraus, oder?«

»Ich weiß nicht, was du meinst« sagte Mike ein wenig kalt. »Wir *mögen* das Kind.«

Jonquil betrachtete sie prüfend.

»Ich glaube, das tut ihr«, sagte sie in überraschtem Ton und verließ die Küche. An der Tür rief sie: »Bin bald wieder da.«

»Hm!« sagte Mike. »Was für eine Frau!« Sie beschäftigte sich am Herd, wärmte Karottenbrei, den sie aus einem Glas nahm, sterilisierte eine Flasche und füllte sie mit Ananassaft. Wir hatten in den letzten Tagen eine Menge Säuglingsbücher gelesen!

»Wo ist deine Tante?« sagte Mike plötzlich.

»Keine Ahnung. Sie wird wohl – Du meine Güte!«

Von oben war ein gellender Schrei zu hören, dann klappten harte Absätze durch den oberen Flur zur Vordertreppe. Wir hetzten die Hintertreppe hinauf und sahen Jonquils Baumwollröcke unten um die Ecke verschwinden. Wir stürzten ins Schlafzimmer. Butch lag in seiner Wiege, von irgendeinem Krampf geschüttelt.

»Was denn nun schon wieder?« knurrte ich.

»Er erstickt«, sagte Mike. »Was sollen wir bloß tun, Shorty?«

Ich wußte es nicht. Mike lief hin und drehte ihn um. Sein Gesicht war verzerrt, der Schweiß lief ihm herunter, und er keuchte.

»Butch! Butch – was ist denn?«

Und da kam er endlich wieder zu Atem.

»Ho, ho, ho!« brüllte er mit Stentorstimme und verlor sie wieder.

»Er lacht!« flüsterte Mike.

»Das ist das Komischste, was ich je erlebt habe«, sagte ich düster. Ich streckte die Hand aus und gab ihm eins auf die Nase. »Butch! Hör endlich auf!«

»Ooh!« sagte Butch. »Du gemeiner Kerl! Das wirst du mir büßen.«

»Tut mir leid, Butch. Aber ich dachte, du erstickst.«

»War ja auch beinahe so weit«, sagte er und fing wieder an zu lachen. »Shorty, ich konnte nicht anders. Weißt du, das alte Essiggesicht kommt hier rein und gafft mich an. Ich starre sie an. Sie beugt sich über die Wiege. Ich grinse. Sie grinst. Ich mache den Mund auf. Sie macht den Mund auf. Ich greife rein, zieh ihr Gebiß raus und werf's zum Fenster hinaus. Ihr Gesicht fällt in der Mitte zusammen wie die Straßen in Scranton. Sie macht auf Dampfsirene und saust hinaus. Aber Shorty – Mike« – und er schüttelte sich wieder vor Lachen – »ihr hättet ihr *Gesicht* sehen sollen!«

Wir beruhigten uns alle wieder, als Jonquil hereinkam.

»Hab' mich nur um meine Petunien gekümmert«, sagte sie spröde. »Na – ihr habt ja das Essen auf dem Tisch. Danke, mein Kind.«

»Runde zwei«, sagte ich neutral.

Gegen zwei Uhr früh wurde ich von einem leisen Poltern im Flur geweckt. Ich stützte mich auf einen Ellenbogen. Mike schlief fest. Aber die Wiege war leer. Ich murmelte einen Fluch und ging auf Zehenspitzen hinaus. Butch krabbelte durch den Korridor, auf halbem Weg zur Treppe. Mit zwei Schritten hatte ich ihn am Kragen.

»*Aua!*«

»Halt den Mund! Wohin willst du?«

Er deutete auf eine Tür.

»Nein, Butch. Geh wieder ins Bett. Da kannst du nicht rein.«

Er sah mich flehend an.

»Ich kann nicht? Auf gar keinen Fall?«

»Auf gar keinen Fall.«

»Och – Shorty. Sei doch nicht so.«

»Kommt nicht in Frage. Du gehörst in die Wiege.«

»Nur das eine Mal, ja, Shorty?«

Ich blickte sorgenvoll auf Jonquils Schlafzimmertür.

»Also gut, verdammt noch mal. Aber beeil dich.«

Am dritten Tag trat Butch in den Streik. Er mochte Gemüsebrei und Suppen von Haus aus nicht, und dann hörte er eines Morgens den Metzgerburschen unten rufen: »Da sind Ihre Steaks, Miss Timmins!« Das genügte dem kleinen Percival vollauf, wie ich gleich merken sollte.

»Von jetzt an läuft das hier anders, Kumpel«, sagte er, als ich wieder einmal allein mit ihm im Zimmer war. »Ich werd' beschummelt.«

»Beschummelt? Wieso? Von wem?«

»Von dir. Du hast mir Steaks versprochen, ja? Paß auf, Shorty, ich hab' genug von dem klebrigen Zeug, das du mir gibst. Ich verhungere dabei.«

»Was würdest du vorschlagen?« sagte ich ruhig. »Soll ich eins nach Ihrem Geschmack zubereiten und auf Ihr Zimmer servieren lassen, Sir?«

»Weißt du was, Shorty. Du machst Witze.« Er tippte mir mit einem winzigen Finger nachdrücklich auf die Hemdbrust. »Du machst Witze, aber ich nicht. Und was du da eben gesagt hast, ist eine sehr gute Idee. Ich will einmal am Tag Steak – hier im Zimmer. Das ist mein Ernst, Mann.«

Ich öffnete den Mund, um zu widersprechen, und blickte dann tief in die Babyaugen. Ich sah eine uralte Halsstarrigkeit, eine unüberwindliche Charakterfestigkeit. Ich zuckte die Achseln und ging.

In der Küche fand ich Jonquil und Mike in einem angeregten Gespräch über Kunstseidentaft. Ich unterbrach sie mit den Worten: »Mir ist eben eine Idee gekommen. Ich werde heute abend oben bei Bu ... Percival essen. Ich möchte, daß ihr beiden euch näher kennenlernt, und bin mal ganz gern mit einem anderen Mann zusammen. Hier unten bin ich in der Minderheit.«

Jonquil lächelte diesmal wirklich. In der letzten Zeit schien ihr das viel leichter zu fallen. »Das finde ich sehr gut«, sagte sie. »Wir haben heute abend Steaks, Horace. Wie magst du deines?«

»Gegrillt«, sagte Mike, »und durchgebr-«

»Englisch!« sagte ich und warf Mike einen Blick zu. Sie verstummte verwundert.

Und an diesem Abend saß ich im Schlafzimmer und schaute zu, wie der elende Säugling mein Abendessen verschlang. Er tat es mit Genuß, schmatzend und vor Ekstase gurrend.

»Und was soll ich damit anfangen?« fragte ich und zeigte ihm eine Tasse voll lauwarmem, dünnflüssigem Erbsenbrei.

»Keine Ahnung«, sagte Butch mit vollem Mund. »Das ist dein Problem.«

Ich ging zum Fenster und schaute hinaus. Unmittelbar darunter war ein makelloser Betonweg, der ganz gewiß bespritzt werden würde, wenn ich das unappetitliche Zeug hinausschüttete.

»Butch – willst du mir das nicht abnehmen?«

Er seufzte, das Kinn von meinem Steak ganz fettig.

»Danke, nein«, sagte er behaglich. »Ich bringe keinen Bissen mehr hinunter.«

Ich probierte die Erbsen, hielt mir die Nase zu und schluckte sie hinunter. Als ich die letzte Portion hinunterwürgte, fand ich Zeit, Butch eine ganze Reihe höchst unerfreulicher Gedanken zu widmen.

»Keine Bemerkungen, *Percy*«, knurrte ich.

Er grinste nur. Ich griff nach seinem Geschirr und der Tasse und wollte hinaus.

»Hast du nicht etwas vergessen?« fragte er schläfrig.

»Was?« Er wies mit dem Kopf auf die Kommode und die Flasche, die dort stand. Gekochte Milch mit Wasser und Stärkesirup. »Ich denke gar nicht dran!« fauchte ich.

Er grinste, öffnete den Mund und begann zu plärren.

»Halt den Mund!« zischte ich. »Sonst kommen die Frauen rauf und behaupten, ich hätte dich in den Hintern gezwickt, oder was!«

»Das ist der Sinn«, sagte Butch. »Jetzt trink deine Milch wie ein braver kleiner Junge, dann darfst du raus und spielen.«

Ich murmelte ohnmächtig etwas vor mich hin, riß den Sauger von der Flasche und kippte den Inhalt hinunter.

»Das ist dafür, daß du der alten Dame gesagt hast, sie soll mich Percy nennen«, meinte Butch. »Morgen will ich wieder ein Steak. Adieu.«

Und so kam es, daß ich, ein erwachsener Mensch von bester Gesundheit, fast zwei Wochen lang von Babykost lebte. Ich glaube, daß die große Hochachtung, die ich vor Säuglingen habe, von da herrührt, und sie gründet auf meiner Erkenntnis, wie gutmütig sie bei der Ernährung doch sind, die sie bekommen. Bei mir hatte das nicht diesen Erfolg. Was mich am meisten ärgerte, war, daß ich zusehen mußte, wie er mein Essen verdrückte. Mann, mußte ich mir die dreißigtausend Dollar hart verdienen!

Zu Anfang der dritten Woche begann sich Butchs Stimme zu verändern. Mike bemerkte es als erste und kam zu mir.

»Ich glaube, mit ihm ist etwas«, sagte sie. »Er wirkt nicht so kräftig wie vorher, und seine Stimme klingt höher.«

»Mach dir keine Sorgen, Schatz«, sagte ich und legte den Arm um sie. »Mit dem, was er ißt, nimmt er weiß Gott nicht ab, und seine Lunge ist kräftig genug.«

»Da ist noch etwas«, sagte sie verwirrt. »Heute morgen hat er geweint, und ich sah nach, was er wollte. Ich sprach mit ihm und schüttelte ihn, aber er weinte fast fünf Minuten lang, bevor er sich plötzlich aufsetzte und sagte: ›Was? Was? Äh – du bist's, Mike.‹ Ich fragte ihn, was er wolle, er sagte – nichts, und ich solle zusehen, daß ich weiterkäme.«

»Er hat dich veralbert.«

Sie löste sich aus meinen Armen und sah zu mir auf.

»Shorty – er hat geweint – *echte Tränen.*«

Das war der Tag, als Jonquil in die Stadt fuhr und sich ein halbes Dutzend bunter Kleider kaufte. Und ich hatte den starken Verdacht, daß sie zum Friseur ging. Sie wirkte fünfzehn Jahre jünger, als sie hereinkam und sagte: »Horace – ich hatte den Eindruck, daß du früher geraucht hast.«

»Hm ... ja –«

»Alberner Junge! Du hast mit dem Rauchen aufgehört, weil du dachtest, ich wäre nicht einverstanden! Ich mag es, wenn im Haus ein Mann raucht. Es ist gleich viel gemütlicher. Da.« Sie drückte mir etwas in die Hand und floh mit rotem Gesicht und glänzenden Augen. Ich sah mir an, was sie mir gegeben hatte. Zwei Packungen Zigaretten. Es war nicht meine Sorte, aber ich glaube nicht, daß ich schon einmal so gerührt war.

*

Ich ging hin und sprach mit Butch. Er schlief, als ich hereinkam. Ich stand da und sah auf ihn hinunter. Er ist so winzig, dachte ich. Möchte wissen, was es ist, worüber sich die Frauen so begeistern.

Butchs Augen waren unter seinen Lidern so groß, daß es den Anschein hatte, als könnten sie nicht ganz geschlossen bleiben. Die Wimpern lagen mit der allerzartesten Berührung auf seinen Wangen. Er atmete gleichmäßig, mit hier und da einem winzigen Stokken. Auf irgendeine Weise war das schön anzuhören. Ich nahm aus dem Augenwinkel eine Bewegung wahr – seine Hand, die sich ballte und öffnete. Sie war ganz rosig und viel zu klein, um so vollkommen zu sein. Ich blickte auf meine eigene Hand und auf seine und konnte es einfach nicht glauben...

Er wurde plötzlich wach, öffnete die Augen und strampelte. Er schaute zuerst zum Fenster, dann auf die Wand gegenüber. Er wimmerte, schluckte, stieß einen kleinen Schrei aus. Dann drehte er den Kopf und sah mich. Einen langen Augenblick beobachtete er mich, die tiefen Augen ganz ungetrübt; plötzlich setzte er sich auf und schüttelte den Kopf.

»Hallo«, sagte er schläfrig.

Ich hatte das sonderbare Gefühl, jemanden zweimal aufwachen zu sehen.

»Mike macht sich deinetwegen Sorgen«, sagte ich und erklärte ihm, warum.

»Wirklich?« sagte er. »Ich – fühl' mich kaum anders. Hö! Daß das gerade mir passieren muß!«

»Daß dir was passieren muß?«

»Ich hab' früher schon davon gehört, aber ich hätte nie... Shorty, du lachst mich doch nicht aus, oder?«

Ich dachte an die Babykost und die vielen Steaks.

»Keine Angst. Du bist gar nicht komisch.«

»Na ja, du weißt doch, daß ich dir erzählt habe, ich sei ein Wechselbalg. Das sind merkwürdige Wesen. Niemand mag sie. Sie treiben lauter Unfug. Väter mögen sie nicht, weil sie die ganze Nacht greinen. Mütter geraten in Panik, wenn sie nicht wissen, ob es ein Wechselbalg ist, und sie werden böse, wenn sie es merken. Ein Wechselbalg hat eine Menge Spaß, aber viel emotionellen Zucker bekommt er nicht, wenn du verstehst, was ich meine. Nun, in meinem Fall...

verdammt, ich kann mich einfach nicht dran gewöhnen! Ausgerechnet ich... na ja, irgend jemand hier... äh... liebt mich.«

»Ich nicht«, sagte ich hastig und wich zurück.

»Ich weiß, du nicht.« Er warf mir einen Blick zu und sagte leise: »Du bist ganz in Ordnung, Shorty.«

»Was? Och –«

»Jedenfalls heißt es, wenn eine Frau einen Wechselbalg liebt, verliert er seine Jahre und sein Gedächtnis und wird ein richtiges Menschenkind. Aber er muß um seiner selbst willen geliebt werden, nicht für ein Kind, das er ersetzt.« Er bewegte sich unbehaglich. »Ich... ich kann mich einfach nicht daran gewöhnen, daß das mit mir passiert, aber... oh, oh!« Ein gequälter Ausdruck erschien auf seinem Gesicht, und er sah mich hilflos an. Ich begriff auf der Stelle.

Ein paar Minuten später fand ich Mike.

»Da hab' ich was für dich«, sagte ich und gab ihr etwas aus dünnem Stoff.

»Was – Shorty! Doch nicht –«

Ich nickte.

»Butch wird infantil«, sagte ich.

Während sie später die Windeln wusch, erzählte ich ihr, was Butch gesagt hatte. Sie war ganz still, während ich berichtete, und danach auch noch.

»Mike – wenn an dieser phantastischen Geschichte wirklich etwas dran ist, bist doch nicht du es, der ihn so verändert, oder?«

Sie dachte lange Zeit nach und sagte dann: »Ich finde ihn sehr süß, Shorty.«

Ich drehte sie herum. Sie hatte Seifenschaum an der Schläfe.

»Wer ist hier der Mann Nummer eins?« flüsterte ich. Sie lachte und sagte, ich sei albern, stellte sich auf die Zehenspitzen und küßte mich.

Ich kam mir recht seltsam vor.

Unsere dreißig Tage waren vorbei, und wir packten. Jonquil half uns. Ich hatte sie noch nie so lebendig gesehen. Die Hälfte der Zeit lachte sie, und ab und zu ging sie sogar zum Kichern über. Und beim Mittagessen sagte sie zu uns: »Horace – ich habe Angst davor, euch den kleinen Percy mitzugeben. Ihr habt gesagt, die Leute, die ihn hatten, taugen nicht viel, und er würde ihnen kaum abgehen. Ich möchte, daß ihr ihn mir eine oder zwei Wochen dalaßt, während ihr feststellt, wie es bei den Leuten wirklich aussieht, und ob sie ihn tatsächlich zurückhaben wollen. Wenn nicht, dann, nun, ich sorge dafür, daß er ein schönes Heim bekommt.«

Mike und ich sahen einander an, dann blickte Mike zur Decke hinauf, über der das Schlafzimmer lag. Ich stand plötzlich auf.

»Ich frage ihn«, sagte ich und marschierte nach oben.

Butch saß in der Wiege und versuchte, einen Sonnenstrahl zu erhaschen.

»He!« sagte ich. »Jonquil möchte, daß du hierbleibst. Was meinst du?«

Er sah mich an, und seine Augen waren ganz Baby, nichts sonst.

»Also?«

Er unternahm eine ungeheure geistige Anstrengung, spitzte die Lippen, atmete tief ein, hielt den Atem unendlich lange an, und dann stieß er ein einziges Wort hervor.

»Percy!«

»Verstehe«, sagte ich. »Na dann, mein Junge.«

Er sagte gar nichts, sondern beschäftigte sich wieder mit seinem Sonnenstrahl.

»Er ist einverstanden«, sagte ich, als ich zum Tisch zurückkam.

»Du bist mir nie wie einer vorgekommen, der mit Kindern spielt«, sagte Jonquil lachend. »Du bist recht... du bist recht. Michaele, Liebes – ich möchte, daß du mir schreibst. Ich bin ja so froh, daß ihr gekommen seid.«

Und so bekamen wir unsere dreißigtausend Dollar. Wir schrieben sofort, als wir die Hütte erreichten – jetzt *unsere* Hütte – nein, die Leute wollten Percy nicht wiederhaben, und sein Nachname laute – Fee. Wir bekamen darauf ein Telegramm mit Dank und der Mitteilung, daß Jonquil das Baby adoptiere.

»Wird dir der alte Butch fehlen?« sagte ich zu Mike.

»Nein«, sagte sie. »Nicht allzusehr. Ich spar' mir das auf, weißt du.«

»Oh«, sagte ich.

Zwei Prozent Inspiration

Dr. Bjornsen war ein gründlicher Mann. Er dachte so und handelte so und erwartete von anderen, daß sie ihn an Gründlichkeit übertrafen. Da das eine Unmöglichkeit war, bekundete er eine beinahe bösartige Enttäuschung Unfähigen gegenüber und genoß es, die Unzulänglichkeiten des Betreffenden hervorzuheben. Er war in einer idealen Lage dafür, als Leiter des Nudnick-Instituts.

Gestiftet von Professor Thaddeus MacIlhainy Nudnick, wurde das Institut zu dem Zweck geführt, Professor Nudnick mit genialen jungen Assistenten zu versorgen. Jedes Jahr wurden zweitausend Studenten aufgenommen, und die besten drei der Abschlußklasse erhielten das Auskommen und ein beträchtliches Gehalt für das Vorrecht, an Nudnicks achtjährigem Anschlußlehrgang teilzunehmen, wo sie ernsthaft zu studieren hatten, bevor sie in Nudnicks Laboratorien als Assistenten anfingen.

Bjornsen beglückwünschte einen der Auserwählten nie, denn sie verhielten sich, wie erwartet. Er fand oft Gelegenheit, denen, die unterwegs gestolpert waren, den einen oder anderen Tritt zu versetzen, und von diesen Gelegenheiten schätzte er am meisten jene, bei denen es um einen Hinauswurf ging. Er betrachtete sich als erfahrenen Zuchtmeister und war mehr als stolz auf seine Begabung für Schmähungen.

Es geschah somit unter angenehmer Vorfreude, daß er einen gewissen Hughie McCauley eines Nachmittags in sein Büro bestellte. Hughie war im zweiten Studienjahr und stellte die ideale Zielscheibe für Bjornsens Attacken dar. Der Junge war bis zu einem bestimmten Grad intelligent und sehr belesen, so daß er Bjornsens subtilere Beleidigungen verstehen konnte. Er war hochempfindlich, so daß ihn, was Bjornsen sagte, zu verletzen vermochte, und er zeigte das. Es mangelte ihm an Vernunft, so daß er ständig auf Bjornsens Kommentare antwortete und dem Institutsleiter hervorgestoßene Sätze lieferte, die sorgfältig zerpflückt werden konnten, während sich das Opfer wand. Hughie war derart ideales Material für eine Verfolgung, daß Bjornsen ihn höchst ungern von der Schule ausschloß, aber er tröstete sich mit dem Gedanken, daß es noch Hunderte von anderen gab, die man dazu bringen konnte, daß sie vor peinlicher Verlegenheit nicht mehr aus noch ein wußten. Er gedachte, sich bei Hughie aber Zeit zu nehmen, es auszudehnen, die Leiden des Jungen zu genießen, bevor er ihn aus der Schule warf.

»Schicken Sie ihn herein«, sagte Bjornsen in das eingebaute Sprechgerät an seinem luxuriösen Schreibtisch. Er lehnte sich in seinen Sessel zurück, legte die Fingerspitzen aneinander, senkte den Kopf, so daß nur noch das Weiße seiner Augen sichtbar war, als er durch seine buschigen Brauen auf die Tür starrte und wartete.

Hughie kam herein, die widerborstigen Haare festgeklebt, Angst und Groll waren deutlich sichtbar. Die Knie des Jungen stießen zusammen, so daß er gegen den Türpfosten stolperte. Auf seiner Sitrn glänzte kalter Schweiß. Aus früherer Erfahrung fiel es ihm nicht schwer, sich an der richtigen Stelle vor dem Schreibtisch aufzubauen.

»J-ja, Sir!«

Bjornsen gab, bevor er zu sprechen begann, mit den runzligen Lippen ein Kußgeräusch von sich, warf den Kopf zurück und funkelte den Jungen an.

»Sie hätten sich die Ohren waschen können, bevor Sie hierherkamen«, sagte er ruhig. Er wußte, daß es für einen Heranwachsenden keine schmerzlichere, unwürdigere Attacke gab, vor allem dann, wenn sie gar nicht zutrifft. Hughies Gesicht wurde blutrot, und er schob die Unterlippe vor.

»Sie sind eine Beleidigung für dieses Institut«, sagte Bjornsen. »Sie waren gewiß in der Lage, sich selbst zu kennen, bevor Sie Ihre Aufnahme beantragt haben. Aus diesem Grund war der Antrag selbst schon unehrlich und unaufrichtig. Sie müssen gewußt haben, daß Sie ungeeignet gewesen sind, diese Gebäude auch nur zu betreten, ganz zu schweigen von der Kühnheit, den Irrtum der Prüfungskommission zu verlängern, indem Sie hiergeblieben sind. Ich bin zutiefst verärgert über Sie.« Bjornsen zeigt lächelnd seinen Ärger, und es war ein Lächeln, das zu seinen Worten genau paßte. Er bückte sich, um auf die Taste des Sprechgeräts zu drücken, das leise summte. »Ja?«

»Doktor Bjornsen! Professor Nudnick ist –«

Eine hohle Stimme war zu hören, während jemand mit dem Fuß gegen die Tür trat. Nudnick stieß sie mit dem Fuß auf, weil er wußte, daß man sie nicht zuwerfen konnte, und es machte ihm Spaß, Bjornsen zu erschrecken.

»Was soll der Unsinn?« fauchte er. »Seit wann wird dieses Weib mit seiner essigsauren Miene da draußen angewiesen, mich anzumelden? Verdammt noch mal, Sie empfangen mich, ob Sie beschäftigt sind oder nicht!«

Bjornsen war von seinem Sessel aufgesprungen, um jegliche Art von Ehrerbietung zu bezeugen, mit Ausnahme eines Hofknicks.

»Professor Nudnick! Wie ich mich freue, Sie zu sehen!« Das war einfach ideal. Das einzige, was Hughie McCauleys Agonie möglicherweise noch zu steigern vermochte, war, für seinen Hinauswurf ein Publikum zu haben, und welches Publikum war besser als der große Stifter der Schule in Person? Bjornsen rieb sich die Hände, was ein unangenehm trockenes Geräusch ergab, und begann.

»Professor Nudnick«, sagte er, ergriff Hughies zitternde Schulter und benützte sie dazu, den dazugehörigen jungen Mann zwischen sich und Nudnick zu schieben, »Sie hätten sich keinen besseren Zeitpunkt aussuchen können. Dieses bibbernde Beispiel der Leere ist typisch für das Gesindel, das in letzter Zeit bei den Prüfern durchgewischt ist. Darf ich Ihnen beweisen, daß mein kürzlicher Brief zu dem Thema seine Berechtigung hatte.«

Nudnick sah Hughie gelassen an.

»Ich lese Ihre Briefe nicht«, sagte er. »Sie langweilen mich. Was hat er angestellt?«

Bjornsen, der ein wenig bestürzt war, legte diesen neuen Groll in seine Worte.

»Angestellt? Was er nicht angestellt hat, ist wichtiger. Er hat versäumt, seine Denkgewohnheiten zu ordnen. Er läßt sich soweit gehen, in seinen freien Stunden Romane zu lesen, statt Bücher, die sich in irgendeiner Weise auf seine Studien beziehen. Er pfeift in den Korridoren. Er stellt seinen Lehrern impertinente Fragen. Er wurde tatsächlich dabei ertappt, als er einen Brief an ein... *ein Mädchen* schrieb!«

»Tz, tz«, sagte der Professor mit leisem Lachen. »Während der Vorlesungen?«

»Keineswegs! Selbst er würde nicht soweit gehen, auch wenn ich stündlich damit rechne.«

»Hm-m-m. Ist er intelligent?«

»Nicht sehr.«

»Was für Fragen stellt er?«

»Ach – ganz dumme. Über die Natur einer Raumkrümmung, was immer das sein mag, und darüber, ob Zeitreisen möglich seien oder nicht. Ein Träumer ist er, und ein wissenschaftliches Institut ist kein Platz für Träumer.«

»Was wollen Sie mit ihm machen?«

»Ihn relegieren, versteht sich.«

Nudnick griff hin und zog den Jungen von Bjornsen weg.

»Warum ihm dann das nicht einfach mitteilen und ihm die Quälerei ersparen? Es ergibt sich zufällig, daß das genau der Typ von jungem Mann ist, den mir zu holen ich hergekommen bin. Ich nehme ihn mit auf einen Flug zum Asteroidengürtel. Gehalt zweitausend im Monat, wenn er einverstanden ist. Sind Sie's?«

Hughie nickte stumm.

»Eh.« Nudnick winkte dem Jungen und ging zur Tür. »Mein Rat für Sie, Bjornsen«, knurrte der Wissenschaftler, »ist folgender: Stekken Sie Ihre Nase nicht in die Angelegenheiten der Studenten in ihrer Freizeit. Wenn Sie Ihren kleinen Angewohnheiten nachgeben müssen, dann reißen Sie in Zukunft Fliegen die Flügel aus. Und heiraten Sie. Befolgen Sie den Rat, oder reichen Sie Ihren Rücktritt ein, mit Wirkung ab nächsten Monat.«

Hughie blieb an der Tür stehen und schaute sich um. Nudnick warf ihm einen kurzen Blick zu und schob ihn zu Bjornsen hin.

»Nur zu, mein Junge. Ich würde das selber gern tun.«

Hughie grinste, ging auf Bjornsen zu und schlug den Prinzipal nieder, mit zwei kurzen Schlägen.

Sie waren jetzt acht Tage unterwegs, und das waren die acht Tage gewesen:

Der Tag, an dem der unberechenbare Professor Nudnick Hughie zu seinem Berglabor hinaufbrachte und ihn beauftragt hatte, die letzten Artikel einer erstaunlich vollständigen Liste von Gütern in das gute Schiff ›Stoutfella‹ zu verladen. Hughie begann, den Professor nicht mehr ganz für den Gott zu halten, den er in ihm gesehen hatte, eher für einen Menschen. Der alte Mann war stets fröhlich und verwies auf Hughies Dummheiten und kleine Triumphe, ohne zwischen ihnen zu unterscheiden. Er behandelte Hughie mit heiterer Duldsamkeit und schien sich über die Unwissenheit des jungen Mannes mehr zu freuen als über sein vergleichsweise bescheidenes Wissen. Als Hughie stockend gefragt hatte, ob er einen Koffer voll Romane mitnehmen könne, hatte Nudnick trocken in sich hineingelacht und ihn mit einer Tasche voll Geld in die nächste Stadt geschickt. Hughie kam schwer beladen und selig ins Labor zurück. Sie starteten.

Und der Tag, an dem sie die letzte Nachrichtensendung hörten, bevor sie durch die Heaviside-Schicht stießen, war unter anderem einer mit jener Wirkung, daß Dr. Emil Bjornsen, Leiter des Nudnick-Instituts, seinen Abschied genommen und einen Posten bei der Regierung angetreten hatte. Hughie hatte freudig darüber gelacht, aber Nudnick schüttelte den zottigen, alten Kopf.

»Gar nicht komisch, Hughie«, sagte er. »Bjornsen ist ein schlauer Mann. Ich glaube zu wissen, warum er das getan hat, und mit meinem... unserem... Ultimatum hängt das nicht zusammen.«

Betroffen vom ernsten Ton des Wissenschaftlers, beruhigte sich Hughie und fragte: »Weshalb hat er es dann gemacht?«

Nudnick schob eine Lochkarte in den Autopiloten, kurbelte den unteren Rand in den Integrator und prüfte seine Steuerung, bevor er sie umschaltete.

»Es hängt mit diesem Flug zusammen«, sagte er und wies den Jungen in den Sessel gegenüber. »Es wird Zeit, daß Sie erfahren, worum es eigentlich geht. Was wir suchen, ist ein Minerallager von unschätzbarem Wert. Wie es kommt, weiß ich nicht, aber irgendwo in dem ganzen Unfug da draußen« – er deutete auf den Asteroidengürtel – »gibt es eine Ausnahmeerscheinung. Es ist ein Klumpen wie die übrigen Asteroiden, aber er unterscheidet sich von allen anderen. Es muß ein wandernder Körper sein, der weiß der Himmel wie weit durch den Weltraum geflogen ist, bis er vom Gürtel eingefangen wurde. Er ist fast durch und durch rein – ein Prosydiumoxyd. Sagt Ihnen das etwas?«

Hughie zog über der Nase ein paar Sommersprossen zusammen.

»Ja. Seltene Erde, nicht? Verwendet für ... Moment mal ... es hat etwas mit Nudnick-Metall zu tun, ja?«

»Richtig. Wissen Sie, was Nudnick-Metall ist?«

»Nein. Soviel ich weiß, ein Betriebsgeheimnis, nur den Beschäftigten in den Isopolis-Labors bekannt.« Die Isopoli-Laboratorien waren halb Paradies, halb Gefängnis. Die große Nudnick-Anlage dort erzeugte mit staatlichen Zuschüssen das kostbare Metall. Sie wurde betrieben von Leuten, die nie mehr den Fuß außerhalb der Mauern setzten – Männer, die das auch nicht mehr nötig hatten, denn alles, was sie sich überhaupt wünschen konnten, bekamen sie. Es war kein Geheimnis, wie sie lebten, so wenig wie alles andere in der fünfzig Quadratmeilen großen Enklave, außer dem Verfahren selbst. »Nudnicks Metall ist ein künstliches Element, tausendfach dichter als jedes andere bisher bekannte. Das ist praktisch alles, was ich weiß«, schloß Hughie lahm.

Nudnick lachte in sich hinein.

»Ich weihe Sie ein. Das Metall ist der ideale Stoff für das Beschichten von Raumschiffen, weil es praktisch nahezu so undurchdringlich ist wie nur irgend etwas im All. Dieses Schiff hier beispielsweise ist mit einer Schicht von dem Material überzogen, die kein Sechstausendstel Millimeter dick ist, und bleibt trotzdem vor praktisch allem geschützt. Wir könnten einen Körper von Erdgröße voll rammen, und der Aufprall würde ein geschmolzenes Loch von dreißig Meilen Tiefe hervorrufen und uns höchstwahrscheinlich ein bißchen umbringen, aber der Rumpf wäre nicht einmal zerkratzt. Häh. Wollen Sie wissen, was Nudnick-Metall ist? Ich will es Ihnen sagen. Kupfer. Ganz gewöhnliches, ordinäres, alltägliches Cu!«

»Kupfer?« sagte Hughie. »Aber wie wird es – Wie kann es – ?«

»Ganz einfach. Wissen Sie, Hughie, es sind die einfachen Dinge, die ganz wirksam sind. Das sollten Sie sich merken. Nudnick-Metall ist *atomisiertes* Kupfer; atomisiert auf die Weise, wie die Elemente der Begleiter von Sirius und Procyon. Sie kennen den Vergleich – man fülle ein Faß mit Weingläsern, es geht nur eine bestimmte Anzahl von Gläsern hinein. Aber man zermahle sie zu feinem Pulver und fange dann an einzufüllen. Das Faß kann Tausende und Abertausende mehr aufnehmen. Die Moleküle des Nudnick-Metalls sind auf ähnliche Weise zerdrückt. Man könnte vierhundert Schiffe dieser Größe bauen, vom Bug bis zum Heck aus massivem Kupfer, und man würde weniger Kupfer verbrauchen, als verwendet wurde, um diesen Rumpf zu beschichten.

Das Verfahren ist nicht allgemein bekannt, weil das Kupfer aus dem Uran gewonnen wird, das wir, scheinbar für Zwecke der Energiegewinnung nach Isopolis schaffen. Wie Sie eben sagten, es ist bekannt, daß wir Prosydium importieren. Das ist der einzige Hinweis, den andere als ich und die Leute von Isopolis darüber haben, wie das Verfahren aussieht. Aber Prosydium ist kein Bestandteil. Es ist eher ein Katalysator. Von allen Elementen kann allein Prosydium durch seinen Atomzerfall die unfaßbare Hitze absorbieren, die durch den Kollaps der Kupfermoleküle entsteht. Ich will nicht in die Einzelheiten gehen, aber die so aufgenommene und umgewandelte Hitze kann umgelenkt werden, um den Kollaps zu beschleunigen. Das Problem bei Prosydium ist, daß es so selten ist wie ein behaartes Ei und daß bis heute niemand in der Lage gewesen ist, es in nutzbringenden Mengen künstlich herzustellen. All das läßt Nudnick-Metall ein bißchen teuer werden. Dieser Klumpen Prosydium im Asteroidengürtel kann die Herstellungskosten beträchtlich senken, und der Mann oder Konzern oder Planet, der ihn in die Hände bekommt, kann verlangen, was er will. Verstehen Sie?«

»Bestimmt«, sagte Hughie langsam, »wenn Sie das alles in den nächsten zwei Jahren ein paar tausendmal täglich wiederholen.« Der Junge war ungeheuer geschmeichelt, weil der Wissenschaftler ihn ins Vertrauen gezogen hatte. Wenngleich er selbst nicht die Qualifikation besaß, sie zu nützen, wußte er, daß die Information, die er eben erhalten hatte, am richtigen Ort zahllose Millionen wert war. Das erschreckte ihn ein wenig. Er wollte, daß der alte Mann weitersprach, und mühte sich deshalb nach einer Frage ab. »Warum müssen wir uns in einem so kleinen Schiff hinausschleichen? Warum nicht eine Zerstörerflotille von der Erde nehmen und Besitz ergreifen?«

»So geht das nicht, mein Junge. Die Gemeinsame Patrouille verhindert das. Die Schuld können Sie beim netten, alten Idealismus des Interplanetarischen Friedenskongresses suchen, und beim Gesetz über das Aufrüstungsgleichgewicht. Sehen Sie, Mars und Erde sind durch Vertrag gezwungen, völlig gleich gerüstet zu sein, sich alle neuen Entwicklungen zu teilen, und den Weltraum mit einer Gemeinsamen Patrouille zu überwachen. Eine Flottille von irdischen Schiffen, die ohne Wissen oder Zustimmung der Patrouille abhebt, stellt eine Kriegshandlung dar. Krieg ist eine scheußliche Sache für viele Menschen, die ihn nicht begonnen haben. So können wir es also nicht machen. Aber wenn ich den Ort meines Fundes der Patrouille verrate, wird er zu deren Eigentum, schön bürokratisch verpackt, und er nützt keinem etwas – schon gar nicht den Nudnick-Labors. Jedoch – da spielen nun wir unsere Rolle.

Wenn eine unabhängige Expedition auf einem Körper im Weltraum landet oder ihn ins Schlepptau nimmt, der nicht Satellit eines Planeten ist, wird besagter Körper zum Alleineigentum dieser Expedition. Ich muß diese Expedition deshalb sowohl vor der Erde wie vor dem Mars geheimhalten, damit die Erde – und zuletzt auch Nudnick – den Nutzen davon hat. In zwei Monaten wird meine kleine Schatzkammer in Opposition zur Erde stehen. Wenn ich sie bis dahin ins Schlepptau genommen habe, kann ich meine Entdekkung über Ultrafunk bekanntgeben. Das Signal erreicht die Erde, bevor es den Mars erreicht. Bevor die kleinen roten Männer ein Piratenschiff ausschicken können, um mich auszulöschen, bin ich umgeben von einer Patrouillenflotte und in Sicherheit. Aber wenn der Mars erfährt, was ich vorhabe, werden wir abgefangen, verfolgt und beseitigt, zu Ruhm und Nutzen des roten Planeten. Verstanden?«

»Verstanden. Aber was hat das alles mit Bjornsen zu tun?«

Der alte Wissenschaftler kratzte sich an der Nase.

»Ich weiß nicht. Bjornsen ist ein ganz komischer Kauz, Hughie. Er hat fast sein ganzes Leben darauf hingearbeitet, Leiter des Instituts zu werden, und ich habe den Eindruck, daß das nicht allein wegen des Gehalts und seines Prestiges geschehen ist. Der egozentrische Leuteschinder hat mehr als einmal versucht, mich darüber auszuquetschen, was ich mache, was es mit dem Nudnick-Metall-Verfahren auf sich hat, und alles mögliche andere. Ich bin sicher, daß er keine echten Informationen hat, aber er könnte etwas ahnen, und das würde genügen, um uns ein Schiff vom Mars auf die Fersen zu hetzen und Bjornsens Taschen zu füllen. Wir werden sehen.«

Und dann gab es den Tag, an dem Hughie sich erkühnte, Nudnick zu fragen, weshalb er ihn für den Flug ausgewählt hatte, da er doch unter Tausenden und Abertausenden von Assistenten hätte seine Wahl treffen können. Nudnick grinste auf seine unbeschreibliche Art.

»Viele Gründe, mein Junge, unter anderem die Tatsache, daß es mir Freude macht, die aufgeblasene Null zu ärgern, und die Tatsache, daß ich mich ungern langweile, und da ich diesen Flug unbedingt selber machen muß, kann ich mich ebensogut amüsieren, wenn ich schon eingesperrt bin. Außerdem habe ich festgestellt, daß Geniebabys dazu neigen, ein bißchen eingebildet zu sein auf das, was sie wissen, und auf die Tatsache, daß sie es schon in so zartem Alter gewußt haben. Ein ausgebildeter Assistent dagegen ist fast mit Sicherheit ein Spezialist, und Spezialisten sind engstirnig und dogmatisch. Bjornsen sagte, eines Ihrer Hauptverbrechen sei, daß Sie sich bei Phantasiegebilden entspannten. Ich mit all meinen wissenschaftlichen Erkenntnissen vermag ein Gehirn zu bewundern, das sich eine Raumkrümmung oder Zeitreisen vorzustellen vermag. Sehen Sie mich nicht so an – ich nehme Sie nicht auf den Arm. Ich kann mir dergleichen überhaupt nicht vorstellen – mein Gehirn ist viel zu sehr vollgestopft mit Fakten. Ich weiß nicht, ob ein Mars-Schiff unsere Spur aufnehmen wird oder nicht. Wenn doch, dann bedarf es großer Phantasie, um ihm zu entkommen. Ich bin nicht fähig, so zu denken, also hängt es von Ihnen ab.«

Hughie hörte die Stimme des alten Mannes, sah seine Augen und erkannte, daß er es ehrlich meinte. Er begann zu begreifen, daß er eine unfaßbare Verantwortung auf seinen Schultern trug.

Am vierten und fünften Tag ihres Fluges gab es wenig zu tun, und Hughie verschaffte sich und dem alten Mann ein Vergnügen, indem er, auf Nudnicks Drängen hin, aus seinem Schatz an Büchern und Magazinen laut vorlas. Zuerst war Hughie noch schüchtern; er konnte nicht glauben, daß Nudnick, der jeden fiktiven Wissenschaftler übertroffen hatte, wirklich interessiert sein mochte; aber Nudnick machte einen Befehl daraus, und Hughie begann zu lesen, mit vielen Blicken auf den alten Mann, um zu sehen, ob er die ersten Anzeichen von Spott und Hohn wahrnehmen konnte. Es fiel ihm schwer, seine Stimme in der Gewalt zu behalten, und sein Mund trocknete immer wieder aus, bis Nudnick sagte, er solle langsamer lesen. Bald war er in die Geschichte vertieft. Es war eine gute.

Sie handelte von einem Satan Strong, Scientist, Geißel des Weltraums und Förderer der Kurzgeschichte in Fortsetzungen. Satan war ein übler Genosse, dessen Verbrechertum nur noch von seinem Talent für schnelle Wissenschaft übertroffen wurde. Verfolgt besonders von den irdischen Abteilungen der Raumpatrouille, gelangen Satan Strong stets die heimtückischsten Taten, die sich immer als Vorspiele zu Schlimmerem erwiesen, das durch das schnelle Denken von Kapitän Jaundess von der Patrouille immer wieder verhindert wurde, worauf ›er sich dem Mikro-Ultra-Philtometer zuwandte, hastig ein Dutzend Anschlüsse herausriß, siebenundzwanzig Stromschienen punktschweißte und die Maschine in einen verbesserten von Krockmeier-Hyperraum-Hebel verwandelte, der den Weltraum bog wie eine Degenklinge und ihn blitzartig vom Griff zur Spitze schleuderte‹ und so seine Flucht bewerkstelligte, bis zur nächsten Ausgabe. Nudnick war hingerissen.

»Das ist Pseudo-Wissenschaft«, sagte er leise lachend. »Man könnte sogar sagen, es sei pseudo-logische Pseudo-Wissenschaft. Aber einfach herrlich!« Er sah mit schiefem Lächeln an seinem runzligen Körper hinunter. »Schade, daß ich keine Muskeln und steile Geheimratsecken habe«, sagte er. »Die Wissenschaft hätte ich, aber leider fehlt mir die Glorie. Haben Sie die nächste Ausgabe?«

Hughie hatte sie.

Dann, am sechsten Tag, wurde Hughies Lektüre durch ein schrilles Heulen von der vorderen Instrumententafel unterbrochen. Unter einem Bildschirm blinkte eine Lampe; Nudnick ging hin und drehte einen Schalter. Der Bildschirm leuchtete auf und zeigte die Schwärze des Weltraums und seine kristallenen Lichtpunkte. Er drehte an einem Knopf; die Lichtpunkte zogen langsam über den Himmel, bis der winzige schwarze Ring im Fadenkreuz einen schwach leuchtenden Punkt erfaßte.

»Was ist das?« fragte Hughie und legte bedauernd sein Buch weg.

»Gesellschaft«, sagte Nudnick knapp. »Nicht zu beurteilen, wer das ist, auf diese Entfernung, außer sie melden sich über Ultrafunk. Sie sind auf unserem Kurs und holen auf.«

Hughie starrte auf den Bildschirm.

»Sie hatten den Detektor die ganze Zeite in Betrieb, nicht? O je – Sie glauben doch nicht, daß es ein Pirat ist?« Hughies Stimme klang hoffnungsvoll. Nudnick lachte.

»Sie wollen Wissenschaft in Aktion sehen, wie? Häh. Ich fürchte, ich werde eine Enttäuschung für Sie sein, junger Mann. Wir können nicht schneller fliegen als bisher, aber das Schiff da offensichtlich schon.«

Hughie wurde rot.

»Tja, Professor, wenn Sie glauben, daß es in Ordnung geht –«

Nudnick schüttelte den Kopf.

»Ich glaube nicht, daß es in Ordnung geht«, sagte er. »Nachdem wir das geklärt haben, wollen wir wieder auf Ihre Geschichte zurückkommen. Wenn man sich vorstellt, daß Kapitän Jaundess so unvorsichtig war, seine Verlobte in die Klauen dieses Bösewichts fallen zu lassen! Was wird er mit ihr machen?«

»Aber, Professor Nudnick –«

Nudnick packte Hughies Arm und führte ihn durch die Kabine zu seinem Sessel.

»Meine liebe, überängstliche Besatzung, das Schiff, das uns verfolgt, stellt kein Problem dar, bis es uns überholt. Das wird in achtundvierzig Stunden der Fall sein. Inzwischen ist Kapitän Jaundess' Freundin in viel größerer Gefahr als wir. Bitte, fahren Sie fort.«

Hughie las höchst ungern weiter vor.

Achtundvierzig Stunden später befahl ihnen das scharfe Krächzen des Ultrafunks, beizudrehen und sich im Namen der Gemeinsamen Patrouille entern zu lassen. Der Zerstörer zog längsseits, und ein Rettungsboot schlang ein schlankes, starkes Kabel um die ›Stoutfella‹, das zum Zerstörer gezogen wurde. Das Kabel wurde verwendet, weil Magnetklammern bei einem Nudnick-Metall-Rumpf nutzlos sind. Eine Winde schob die beiden Schiffe aneinander, und eine ›Windtunnel‹-Enterrampe scharrte an der Luftschleuse der ›Stoutfella‹.

»Was wollen Sie tun?« sagte Hughie verzweifelt.

»Wir sagen so wenig wie möglich«, sagte Nudnick bedeutungsvoll, »und wir lassen sie natürlich herein.« Er betätigte die Luftschleusensteuerung; die Enterrampe wurde hermetisch an ihrem Rumpf verankert, während Außen- und Innentüren zischend aufgingen.

Ein Maat vom Mars in purpurroter Uniform trat in die Kabine hinunter, gefolgt von seinem irdischen Kameraden im gleichen Rang. Der Marsbewohner fluchte und klappte die Nasenklappen an seinem faltigen Hals mit einem unangenehmen Geräusch zu.

»Die Luft ist tropfnaß«, quietschte er. »Sie hätten die Höflichkeit besitzen können, sie auszutrocknen.«

»Was?« sagte der Patrouillenangehörige von der Erde. »Und mich um den ersten frischen Atemzug bringen, den ich seit neunzehn Tagen bekommen habe?« Er atmete dankbar ein und ließ die Feuchtigkeit in seine halb ausgetrocknete Lunge dringen.

Die Luft in Patrouillenschiffen war, da es kein vernünftiges Mittelmaß gab, für Erdenbewohner stets zu trocken, für die Leute vom Mars zu feucht, denn die Marsbewohner, seit zahllosen Generationen auf einem wasserlosen Planeten lebend, hatten einen wasserspeichernden Metabolismus entwickelt, der für einen Überschuß an Wasser nicht eingerichtet war.

»Wer führt das Kommando?« piepste der Marsmann. Nudnick gestikulierte; der Marsbewohner drehte Hughie sofort den Rücken zu. »Wir haben Anweisung vom Hauptquartier, daß dieses Schiff nach Paragraph 398 des Erde-Mars-Kodex zu durchsuchen und zu entwaffnen ist.«

»Verdacht auf Piraterie«, ergänzte der Mensch.

»Piraterie?« schrie Hughie, dessen Groll sich endlich Bahn brach. »Piraterie? Für wen haltet ihr euch eigentlich? Was soll das heißen?«

Drei winzige Augen am Hinterkopf des Marswesens klappten auf.

»Hat dieses unangenehm laute Kind eine Funktion?« fragte er und tastete nach seiner Strahlerpistole.

»Das ist meine Besatzung. Halten Sie den Mund, Hughie.«

»Ja – immer mit der Ruhe, Kleiner«, sagte der irdische Maat nicht unfreundlich. »Befehl ist Befehl bei uns. Mit uns haben Sie keinen Streit. Wir arbeiten hier nur.«

»Lassen Sie sie in Ruhe, Hughie«, fügte Nudnick hinzu. »Wir haben kaum Bewaffnung, und die können sie haben. Sie sind vollauf im Recht.« Während der Marsbewohner hinausstakte, wandte der Wissenschaftler sich dessen Begleiter zu. »Ist das ein Befehl des Patrouillenrats?«

»Natürlich.«

»Wer hat ihn unterschrieben?«

»Ratsmitglied Bjornsen.«

»Bjornsen? Das neue Mitglied? Wieso hat er das Recht dazu?«

»Ratssatzung. ›Wenn eine Frage zur Abstimmung gelangt, wird die darauf folgende Entscheidung im Namen des Präsidenten des Rates ausgeführt, außer in solchen Fällen, wo die Entscheidung durch eine einzige Stimme herbeigeführt wird. In diesem Falle wird der Befehl im Namen des Ratsmitglieds ausgeführt, dessen Stimme die Entscheidung herbeigeführt hat.‹ Bjornsen hat als zuletzt ernanntes Ratsmitglied die letzte Stimme. In diesem Fall standen sich gleich viele Stimmen gegenüber, und seine eigene entschied.«

»Aha. Danke. Sie können mir wohl nicht sagen, wer den Antrag eingebracht hat?«

»Bedaure.«

Der Maat ging mit schnellen Schritten durch die Kabine, ohne irgend etwas zu übersehen. Trotz seines Grolls mußte Hughie die Tüchtigkeit des Mannes bewundern. Der Junge stand mürrisch an einem Schott; als der Maat ihn erreichte, fuhr er mit den Händen über den Körper Hughies und zog eine kleine Körnchen-Pistole aus seiner Tasche.

»Die brauchen Sie nicht«, sagte er. »Damit kann man nur Ungeziefer töten, und das kann man ganz leicht mit Vertilgungsmitteln ausräuchern.« Er schaute sich schnell um, ob der Marsbewohner schon aus den Versorgungsräumen zurück war, preßte die Hand auf Hughies Mund und flüsterte etwas. Als der Marsbewohner zurückkam, schloß der Maat von der Erde seine Suche auf der anderen Seite der Kabine ab, und Hughie starrte ihn mit grollend-erfreutem Staunen an.

»Fast gar nichts«, klagte der Marsmensch schrill, zeigte eine kleine Anzahl von Handfeuerwaffen und einen Neuro-Strahler-Bogen.

»Hab' noch nie gehört, daß ein Ratsmitglied vom Mars einen Zerstörer hinter zwei Schwachköpfen herschickt, die einen Ausflug machen.«

Sie salutierten und gingen. Nach zwei Minuten wichen die Schiffe auseinander; nach fünf war der Zerstörer nichts als eine Erinnerung und ein schrumpfender Lichtpunkt auf dem Bildschirm. Nudnick lächelte Hughie an.

»Tz! Sie sind ja ganz schön aus dem Häuschen geraten, Hughie. Als der Bursche Ihnen das Pusterohr wegnahm, dachte ich, Sie würden ihn beißen.«

»Nee«, sagte Hughie verlegen. »Er war in Ordnung. Ich bin auf das Ding sowieso nicht scharf gewesen.«

Es wurde still, während Nudnick die Innentür der Luftschleuse und den Druckanzeiger betrachtete. Schließlich fragte er: »Also, verraten Sie es mir nicht?«

»Was?«

»Was der Maat Ihnen ins Ohr geflüstert hat. Oder heben Sie sich das für den dramatischen Höhepunkt auf, nach der alten, guten Science-Fiction-Tradition?«

Hughie hatte es genau dafür aufheben wollen.

»Ihnen entgeht auch nicht viel, wie?« sagte er. »Es war nichts Besonderes. Er sagte: ›Ihr habt ein lausiges kleines Privatschiff vom Mars auf den Fersen. Wahrscheinlich bleibt es ein paar Tage auf eurem Punkt am Bildschirm und stürzt sich dann auf euch, bevor ihr etwas merkt. Paßt lieber auf.‹ «

»Hm-m-m.« Nudnick starrte auf den Schirm. »Sonst noch was?« Er sagte es so, als wisse er sehr genau, daß da noch etwas war. Hughie wurde rot und sah sich des Leckerbissens in seinem Geheimnis beraubt.

»Nur, daß Bjornsen an Bord sei.«

»Das ist noch nicht alles.« Nudnick ging mit ausdrucksloser Miene auf den Jungen zu.

»Ehrlich«, stammelte Hughie mit großen Augen.

Nudnick schüttelte den Kopf, schob die Hand in die Tasche und gab Hughie etwas.

»Nur das da«, sagte er. »Er hat es mir in die Tasche gesteckt, als er ging, so unauffällig, wie er es Ihnen weggenommen hat.«

Hughie starrte die Waffe in seiner Hand mit einer Freude an, die ihn den Tränen nahebrachte.

»Ein sehr geschickter junger Mann«, sagte Nudnick. »Sie werden bemerken, daß er sie entladen hat.«

Drei Wochen später schaltete Nudnick den Stern-Bildschirm ab, weil Hughie sich davon nicht losreißen konnte. Der Maat hatte recht gehabt; der Zerstörer war geschrumpft, bis er eine Intensität von 0,008 erreichte, und war dann einige Tage so geblieben, bis er wieder zu wachsen begann und der Junge das Schiff endlich ausmachen konnte. Es war nicht mehr der Zerstörer, sondern ein kleines Sportschiff vom Mars. Er wußte, ohne zu fragen, daß das kleine Schiff viel schneller und manövrierfähiger war als die ›Stoutfella‹. Es ärgerte ihn beinahe ebensosehr wie die ruhige Art von Nudnick, sich damit abzufinden, daß sie verfolgt wurden, und daß alle Aussicht für sie bestand, die Erde nie wiederzusehen, ganz zu schweigen von dem Prosydium-Asteroiden, den sie nun nicht würden finden und in Besitz nehmen können. Er äußerte sich entsprechend. Nudnick zog nur die Brauen hoch und sagte: »Nur nicht so voreilig, junger Mann. Richtig, der Marsbewohner verfolgt uns. Ich hatte offenbar recht mit Bjornsen. Er weiß, daß ich im ganzen System nach Prosydium gesucht habe und daß es sehr ungewöhnlich ist, wenn ich persönlich im Weltraum herumfliege. Ich muß also welches gefunden haben. Aber er hat es nicht auf mich oder Sie abgesehen. Alles, was er will, ist das Prosydium. Das kann er nur bekommen, wenn er diesem Schiff folgt. Bis wir irgendwo festmachen, sind wir so sicher wie ein Kind in der Wiege. Warum sich also den Kopf zerbrechen?«

»Warum den Kopf zerbrechen?« Das Hirn des Jungen knisterte beinahe vor Anstrengung, dem Wissenschaftler das Ausmaß seiner Sorgen klarzumachen. »Wie wär's damit? Sind Sie schon auf den Gedanken gekommen, daß der Marsbewohner nur unseren Kurs zu bestimmen und ihn auf einer Karte zu verlängern braucht, um unser Ziel zu kennen?«

»Darauf bin ich gekommen«, sagte Nudnick ruhig. »Unser Kurs führt in zwanzig Tagen zum Merkur.«

»Merkur!« rief Hughie. »Sie haben gesagt, das Prosydium sei auf einem Asteroiden!«

»Es ist auf einem Asteroiden«, sagte Nudnick geduldig. »Sie wissen es, und ich weiß es. Aber unser Kurs führt zum Merkur. Das ist alles, was *die* wissen. Wenn wir sie abhängen, wechseln wir den Kurs zum Asteroidengürtel. Wenn wir sie nicht abhängen, fliegen wir zum Merkur. Wenn sie hartnäckig sind, kehren wir zur Erde zurück und versuchen es ein andermal, obschon ich zugeben will, daß die Chance, noch einmal zu entwischen, ohne verfolgt zu werden, minimal ist.«

»Tut mir leid«, sagte Hughie nach einer Weile. »Ich habe keinen Anlaß, Ihnen etwas vorzuschreiben, Professor Nudnick. Es ist mir nur so zuwider, erleben zu müssen, daß dieser Bjornsen Sie daran hindert, das zu bekommen, was Ihnen zusteht. Dieser Halunke. Diese lausige Warze an der Nase des Fortschritts!«

»Zitat Ende«, sagte Nudnick trocken. »Kapitän Jaundess.«

»Okay, okay«, sagte Hughie und grinste unwillkürlich. »Aber über diesen Bjornsen komme ich einfach nicht hinweg. Er hat mich fast zwei Jahre lang im Institut gequält, und nachdem man ihn hinausgeworfen hat, rückt er einem immer noch auf den Pelz. Ich weiß nicht, ich hab' so einen Menschen noch nie erlebt. Ich verstehe einfach nicht, was in ihm vorgeht – wie er denkt. Diese üble Art, auf die jungen Leute loszugehen. Der Mann ist unmenschlich!«

»Da können Sie recht haben«, sagte Nudnick langsam. »Da können Sie durchaus recht haben.« Nach einer langen Pause fügte er hinzu: »Ich habe mir den richtigen Assistenten ausgesucht, Hughie. Sie halten sich gut.«

Hughie war von der Bemerkung so geschmeichelt, daß er nicht auf den Gedanken kam zu fragen, was sie ausgelöst hatte.

Zwei Tage bevor sie den Merkur erreichen sollten, seufzte der Professor, warf Hughie einen Blick zu und schaltete den Detektor-Bildschirm wieder ein.

»Na bitte«, sagte er leise. Hughie sah von seinem Magazin auf und ließ es mit einem Schreckenslaut fallen. Das Schiff vom Mars war keine zweihundert Meter hinter ihnen, rückte heran und füllte den ganzen Bildschirm aus. Hughie sprang auf.

»Professor Nudnick! *Tun* Sie etwas!«

Nudnick schüttelte den Kopf und breitete die Hände aus.

»Irgendeine Idee?«

»Irgend etwas muß es geben. Können Sie nicht schießen?«

»Womit denn? Die Patrouille hat sogar unseren kleinen Neurostrahler mitgenommen.«

Hughie winkte ungeduldig ab.

»Sie müßten einfach irgend etwas tun können. Mensch – Sie sind doch zehnmal mehr Wissenschaftler als dieser Harry Petrou –«

»Bitte?«

»Harry Petrou ... Petrou!« Hughie hob das Magazin auf und hielt Nudnick den grellen Umschlag unter die Nase. »Der Schriftsteller! Der Verfasser von –«

»Satan Strong!« Der alte Mann lachte herzlich.

»Na ja«, sagte Hughie verlegen, »immerhin –« Aufgebracht begann er halb hysterische Sätze zu schreien. Er hatte Angst, er litt an einem Anfall von Heldenverehrung, und außerdem war er blutjung. Er sagte: »Lachen Sie nur. Aber Harry Petrou hat ein paar sehr gute Ideen gehabt. Vielleicht sind die nicht wissenschaftlich. Nicht, was Sie wissenschaftlich nennen würden. Warum macht keiner je etwas Wissenschaftliches, ohne fünfzig Jahre in einem verstaubten alten Labor zu studieren? Warum s-setzt sich einer der größten Wissenschaftler der Geschichte hin«, schluchzte er beinahe, »und l-läßt sich von einem K-Kerl wir Bjornsen t-tyrannisieren?«

»Hughie – beruhigen Sie sich doch.« Nudnick streckte die Hand aus und wandte sich dann von den jungen, anklagenden Augen ab. »So geht das nicht, Hughie. So ist die Wissenschaft nicht – für melodramatische Abenteuer auf Befehl parat. Ich weiß – Sie möchten, daß ich in die Klimaanlage krieche, ein paar Schaltungen verändere und mit einer Raumverkrümmung herauskomme.«

Hughie schaltete den Bugschirm ein. Er zeigte in blendender Helligkeit die flammende Sichel des innersten Planeten. Sie flogen schnell auf die Tag-Nacht-Grenze zu.

»Sie geben auf«, sagte Hughie mit zitternder Lippe. »Sie ergreifen die Flucht!« Und er drehte Nudnick den Rücken zu und starrte auf die drohende Masse des Mars-Schiffes.

Nudnick seufzte, setzte sich an die Steuerung und übernahm die Lenkung vom Autopiloten.

Nach zwei schweigsamen Stunden bemerkte Hughie, daß Nudnick Vorbereitungen zur Landung traf. Er sagte tonlos: »Wenn Sie landen, erwischen sie uns.«

»Richtig«, sagte Nudnick.

»Und wenn sie uns erwischen, foltern sie uns.«

»Ja.« Nudnick blickte über die Schulter. »Halten Sie sich bedingungslos an meine Anweisungen?«

»Sicher«, sagte Hughie hoffnungslos. Seine Augen starrten gebannt auf das Mars-Schiff.

»Dann fangen Sie an. Alles aus Metall weg von Ihrer Kleidung. Gürtelschnalle, Knöpfe – alles. Sie haben Stiefel mit Fasersohlen?«

»Mhm-m.«

»Ziehen Sie sie an. Schnell!«

Eine Stunde später scharrte die ›Stoutfella‹ über eine sandige Lichtung, nicht weit von einer roten Felsklippe. Die erstickende Atmosphäre des Merkur wirbelte um die Bullaugen. Nudnick stieg vom Pilotensitz und riß ein Paar Faserstiefel aus einem Spind. Er hatte die Knöpfe schon abgerissen, sein Armbandradio und den Identifizierungsring auf den Kartentisch geworfen.

»Los!« zischte er.

»Sie... wir gehen doch nicht da hinaus!«

»Und ob wir das tun.«

Hughie sah ihn an. Wenn der alte Mann dazu entschlossen war... Er zuckte die Achseln und griff nach einem Magazin. Es war, als wolle er es – streicheln. Er warf es beiseite und schritt mit Nudnick in die Luftschleuse.

Als die Innentür sie von der kleinen, behaglichen Welt der Kabine abschloß, schlug Nudnick ihm auf die Schulter.

»Kopf hoch, mein Junge«, sagte er herzlich. »Passen Sie auf – tun Sie genau das, was ich sage. Wenn wir hinaustreten, gehen Sie, so schnell Sie können, zu der Klippe. Die Marsbewohner werden nicht schießen, solange sie glauben, daß wir über Informationen verfügen. Nein – keine Fragen –, dazu bleibt keine Zeit! Hören Sie zu. Es ist heiß da draußen. So heiß wie der Ofen, in dem meine alte Mutter ihre Kuchen aus zehn Eiern gebacken hat. Die Luft ist nicht gut, aber wir können sie atmen – eine Weile. Lange genug, denke ich. Fertig?«

Die Außentür öffnete sich, und sie stürzten hinaus.

*

Es war heiß. Binnen Sekunden bedeckte ätzender Staub Hughies Haut, wurde von Schweißbächen weggespült, sammelte sich wieder. Er sah den Grund für den Verzicht auf jede Spur von Metall. Er hatte seinen Identifizierungsring noch an; er begann seine Haut zu versengen. Er riß ihn ab, und mit ihm verbrannte Haut.

Die Luft sengte seine Kehle, brannte in seinen Augen. Auf irgendeine Weise wußte er die Richtung von drei Objekten – die rote Klippe, das schwebende Mars-Schiff, und den Professor. Er stürmte weiter. Einmal stolperte er und fiel auf ein Knie. Seine Hose flammte auf. Nudnick sah es und half ihm, die Flammen auszudrücken. Im verkohlten Stoff sah er seine Kniescheibe, einen Kreis verbrannter Haut, wo das Knie in den brennenden Sand geraten war.

Nudnick zerrte an seinem Ellenbogen.

»Wie weit sind wir wohl schon?« keuchte er.

Hughie begriff plötzlich, das Nudnicks alte Augen in dieser Hitze nicht sehr weit sahen; er mußte jetzt für zwei sehen.

»Schiff – hundertfünfzig – Meter –«

»Nicht – weit genug! Los weiter!«

Sie kämpften sich voran, halfen einander, behinderten einander. Der Boden stieg steil an: Nudnick blieb stehen.

»Fuß der... Klippe... weit... genug –« Er begann zu husten. Hughie stützte ihn, bis er sich beruhigte. Er begann zu begreifen. Er hatte vage Berichte über die Foltermethoden der Marsbewohner gehört. Nudnick wollte also lieber auf diese Art sterben. Im Schiff wären sie langsam verhungert. Vielleicht war das hier besser –

Nudnicks schrille, erstickte Stimme erreichte ihn.

»Marsbewohner?«

Hughie legte eine Hand über die Augen und starrte durch die Finger. Das Mars-Schiff hatte neben der ›Stoutfella‹ aufgesetzt. Die Luke öffnete sich, drei Gestalten, zwei hochgewachsen und schlaksig, eine klein und wie geschrumpft, stiegen aus.

»Drei... kommen... zwei Marsmenschen... Bjornsen.« Sprechen war eine Qual. Atmen hieß, Flammen in die Lunge zu saugen. Er hörte einen Laut und blickte nach unten. Nudnick klammerte sich an ihn und gab den Laut von sich. Langsam begriff er, daß der alte Mann lachte.

Sie wankten, aneinander geklammert, auf die drei Gestalten zu.

Die beiden Marsbewohner packten sie, gerade im richtigen Augenblick, sonst wären sie hingestürzt und gestorben.

»Das ist doch wahrlich irrsinnig!« sagte Bjornsen schrill. Trotz des sengenden Windes, der unerträglichen Hitze, behielt er die alten Gewohnheiten bei und rieb sich die Hände auf die vertraute, abscheuliche Art.

Nudnick zwang sich, die Augen zu öffnen und den Rat besorgt anzustarren, dann wandte er sich den Marsbewohnern zu. Sie wirkten in der Hitze ein wenig schlapp, aber ihr Griff war noch immer fest. Bjornsen sagte ein paar Worte in der Marssprache, und zu fünft mühten sie sich zu den Schiffen zurück.

Plötzlich begann der Marsbewohner, der Hughie am Arm festhielt, mit durchdringendem, ab- und anschwellendem Heulen zu schreien. Es war das gräßlichste Geräusch, das der junge Mann jemals gehört hatte; er schauderte trotz der Hitze und gab dem Wesen einen Stoß. Zu seiner völligen Verblüffung sank der Marsmensch zu Boden, bäumte sich auf, als die Hitze ihn zu versengen begann, schrie ohrenbetäubend und erschlaffte. Nudnick lachte wieder, gab dem Marsbewohner einen Stoß und stellte ihm ein Bein. Der zweite Marsmensch stolperte, gewann das Gleichgewicht wieder und begann zu schreien. Nach wenigen Sekunden stürzte er hin. Er brauchte länger, aber auch er starb…

Bjornsen stand vor ihnen, beobachtete die Marsbewohner, stieß dann gequält Flüche aus und begann, zu seinem Schiff zu stolpern.

»Verdammt, er schafft es!« rief Nudnick, bückte sich, ergriff einen heißen Stein und schleuderte ihn nach Bjornsen.

Er flog schnurgerade wie ein Explosivgeschoß und traf Bjornsen zwischen die schmalen Schultern. Bjornsen riß die Arme hoch und versuchte verzweifelt, auf den Beinen zu bleiben. Nudnick brüllte und schleuderte einen zweiten Stein. Er verfehlte sein Ziel weit. Hughie fing den alten Mann auf, der erschöpft zusammensank. Als er wieder einen Blick auf Bjornsen werfen konnte, lag der Rat auf den Knien und preßte die Hand auf seine Kehle. Er sackte zusammen, wand sich und starb.

Hughie stand fünf Sekunden schwankend da, dann schüttelte er den Kopf, bückte sich und hob den schlaffen Körper des Wissenschaftlers auf seine Schultern. Er brauchte eine Ewigkeit, um sich aufzurichten, und weitere Ewigkeiten, um sein nahes Schiff zu suchen und den langen, fünfzehn Meter weiten Weg anzutreten. Hughie wußte später, daß er es nicht hätte schaffen können, wenn es zwei Meter mehr gewesen wären. Aber auf irgendeine Weise schaffte er es – auf irgendeine Weise kippte er den alten Mann in die Schleuse und warf sich über ihn. Er kroch schwach herum, fand den Schleusenknopf und drückte ihn.

Hughie schrie, als er zu sich kam. Dann öffnete er die Augen und sah, daß er nicht in der flammenden Wüste war. Er schloß sie wieder und entdeckte, daß sein Knie qualvoll schmerzte. Dann war Nudnick bei ihm, wusch ihm das Gesicht, sprach mit ihm.

»Gutes Mittel, Junge. Wird gleich besser. Häh! Gewaltiges Risiko für ein paar Tonnen Prosydium, was? Na, jetzt bekommen wir sie. Es ist keiner mehr da. Niemand ist mehr da.«

»Bjornsen?«

»Tot. Erinnern Sie sich? Wie die Marsbewohner.«

»Marsbewohner.« Die Worte trieben das Entsetzen auf das von der Hitze gerötete junge Gesicht. Er hob den Kopf, und Nudnick schob ihm noch ein Kissen unter. »Was ist mit den Marsmenschen passiert?«

Nudnick grinste.

»Sie sind an Unwissenheit gestorben, mein Junge. Lassen Sie sich das eine Lehre sein.« Hughie starrte ihn an. »Sehen Sie, seit Generationen haben Marsbewohner auf der Erde, und Erdenbewohner auf dem Mars gelebt. Dadurch haben sie etwas vergessen – die kleine Tatsache, von der ich sprach, bevor wir landeten. Wasserspeicher, Hughie. *Marsbewohner können nicht schwitzen!* Verstehen Sie? Ein Mensch kann neben einem Steak leben, das brutzelt, weil er schwitzt. Die Ausdünstung kühlt ihn ab. Ein Marsbewohner kann diese Art von Hitze nicht ertragen – er brät wie ein Steak!«

»Aber… Bjornsen war doch kein –«

»Ah. Da irren Sie sich. Bjornsen war doch! Eine Mißgeburt, Hughie. Denken Sie an die Marsbewohner. Gefühllos – logisch – na, ist das nicht Bjornsen? Als ich im Institut dazukam, wie er Sie fertigmachte, hörte ich, wie er sich die Hände rieb. Ich wußte, daß ich das Geräusch schon gehört hatte, wußte aber im Augenblick nicht, wo. Aber neulich, als Sie sagten, er sei unmenschlich, fiel es mir ein. Bjornsen hatte keine Mama und keinen Papa, mein Junge. Er kam aus einem biochemischen Labor auf dem Mars, wenn ich mich nicht ganz täusche. Schlaue Burschen, diese Marsleute. Von Geburt an ist er für diese Aufgabe ausgebildet worden. Eine Schlüsselfigur mitten in meinem Institut. Vielleicht gibt es mehr von seiner Sorte. Ich kümmere mich darum. Häh! Ich werde nicht der erste Arbeitgeber sein, der zu seinen Leuten sagt: ›Seht zu, daß ihr tüchtig schwitzt, sonst fliegt ihr raus!‹ «

Hughie brachte endlich ein schwaches Grinsen zustande.

»In zwei Wochen ist das Knie wieder in Ordnung«, fuhr Nudnick fort. »Bis dahin lassen wir das Prosydium warten. Sie sind gesichert für Ihr Leben, junger Freund. Äh – he, ich muß Ihnen noch ein Geständnis machen.« Hughie sah ihn belustigt an. Der alte Mann wakkelte mit dem Kopf. »Ja. Was das Prosydium angeht. Haben Sie sich nicht gefragt, woher ich davon weiß? Ich will es Ihnen sagen. Ich bin vor einem Jahr mit einem Mars-Schiff vom Mars gekommen. Sehr elegant. Befeuchter in allen Räumen. Radio. Musik vom Band. Satan Strong wäre begeistert gewesen. Jedenfalls habe ich an den Geräten herumgemurkst, ein paar Anschlüsse herausgerissen und Stromschienen angeschweißt. Ich habe mir einen netten kleinen Detektographen gebaut. Das Prosydium entdeckte ich, als wir am Rand des Asteroidengürtels vorbeiflogen. Reines Glück. Entdeckt in einer Luxuskabine von einem Mars-Schiff aus!«

Hughie lachte bewundernd.

»Sie alter Halunke«, sagte er, ohne jeden Respekt. »Und über Satan Strong haben Sie die Nase gerümpft!«

»Ich?« Der alte Mann schüttelte den Kopf und stand auf. »Warum sollte ich über Satan Strong die Nase rümpfen? Ich *mag* Satan Strong. Steht mir auch zu. Die Geschichten habe *ich* geschrieben.«

Eine seltsame Fracht

Ich hörte jemanden sagen, auf ihr spuke es. Es spukte nicht auf ihr. Es gibt einen anderen Namen für das, was ihr fehlte, und ich erzähle Ihnen davon, wenn Sie wollen. Ich war an Bord, als es anfing, und vorher auch schon. Ich kannte jede Stahlniete an ihr. Ich kannte sie, als sie ehrlich war, ein langweiliges, prosaisches Mitglied unserer Handelsmarine. Ich sah, was mit ihr geschah.

Sie war einer von diesen breiten Kolossen, die man im Ersten Weltkrieg zu Dutzenden baute. Ihre Schwestern lagen verrottend und rostend in irgendeinem Hafen und warteten auf einen nationalen Notstand, um ihre Seeuntüchtigkeit zu beweisen. Na gut. Man macht gutes Schrapnell aus ihnen. Sie hieß ›Dawnlight‹, war ein schwarzer Öltanker von siebentausend Tonnen, hatte Schlagseite und war so schön wie eine Warze. Sie konnte bei gutem Wind und schneller Strömung bergab neun Knoten erreichen. Wenn sie beladen war, war sie gut zu steuern, bis der Gewichtsverlust durch verbrannten Treibstoff in den Achterbunkern sie am Bug hinunterdrückte, und dann fuhr sie wie jeder Tanker mit zu wenig Achterballast; blies der Wind von vorn, schwankte sie hinten achtern hin und her wie ein Kanu.

Ja, ich kannte sie schon ewig. Früher transportierte sie Flugzeugbenzin von der Sorte, das bei ungefähr fünf Grad explosive Dämpfe erzeugt. Eines Tages entdeckte ein Feuerwehrmann, daß das Benzin aus einer Schweißnaht an Tank Nr. 9 leckte und im Feuerungsraum verdunstete. Er wurde auf der Stelle ohnmächtig, und die Besatzung wechselte nachts in die Boote. Der Alte wurde am nächsten Tag mittags wach, schrie nach seinem Kaffee, addierte zwei und zwei und steuerte sie mit Hilfe von zwei Ingenieuren und einem Mann aus der Kombüse in eine abgelegene Bucht an einer kleinen Insel bei Kuba.

Nun ergab es sich zufällig, daß ein sehr reicher Mann dort ein schönes Angebot machte, mit dem Ergebnis, daß der Alte und seine drei Helfer in einem Rettungsboot nach Havanna fuhren, die Taschen voll großer Scheine, das Logbuch bei sich, das eine Eintragung über die Explosion und den Untergang des Schiffes enthielt. Danach beförderte es Rohöl für den reichen Mann in Kriegsgebiete. Schöner Sport.

Der Sport war besonders schön, weil die ›Dawnlight‹ nicht nur nichts auf dem Wasser zu suchen, sondern auch in ihrem Geschäft nichts verloren hatte. Ihre Nationalität wurde bestimmt durch den Inhalt des Flaggenkastens, und ihr jetziges Logbuch sah aus wie eine vielbändige Enzyklopädie. Man zog die eine oder auch die andere Flagge auf und griff nach einem passenden Logbuch.

Aber sie zahlte gut und lieferte gutes Essen, und wenn man sich vom Meeresboden und den Straflagern fernhalten konnte, fühlte man sich wohl auf ihr. Wenn man schon Selbstmord begehen wollte, konnte man dabei ruhig auch reich werden.

Ich fand sie in einem gewissen Trockendock, wo man gut verdiente, indem man schnell arbeitete und wenig Fragen stellte. Der Käpt'n war ein wettergegerbter alter Holländer, bei dem das Salz in den Gelenken knirschte, wenn er sich bewegte. Er war ganz Mann achtern und ganz Teufel auf der Brücke, und er war Besitzer unserer Seelen. Nicht, daß das ein großer Besitz gewesen wäre. Die Besatzung paßte zum Schiff, und es war der übelste, rauheste, hartgesottenste Haufen von Ehemaligen, der dem Land je den großen Gefallen getan hatte, zur See zu gehen. Mußte ja so sein.

Jeder Tanker ist eine hundertfünfzig Meter lange Dynamitstange, selbst wenn es sich nicht um einen Seelenverkäufer handelt. Wenn er beladen ist, brennt er eine Ewigkeit und eine Woche, wenn nicht, fliegt er in die Luft und kommt nicht mehr herunter. Es bedarf nur irgendeines Funkens. Den kann es jederzeit geben; aber man stelle sich vor, daß man U-Booten und kleinen Schlachtschiffen von beiden kriegsführenden Parteien entwischen muß – schnelle, tödliche Dolchstöße, mit manch einem Funken für unsere Fracht. Wir hatten zu unserem Schutz nichts als Glück und den Alten. An den hielten wir uns.

Die ›Dawnlight‹ war das einzige Schiff, das ich nehmen wollte, bei meiner Verfassung. Ab und zu geht die ganze Welt auf einen los, und man sucht einen Ausweg. Die ›Dawnlight‹ war der meine – sie hatte mich in der Vergangenheit über ein paar dunkle Dinge hinweggerettet – einmal, als ein gewisser Hanswurst bei einer Schlägerei wegen eines Mädchens hinfiel und sich den dummen Schädel spaltete, und einmal, als ich das Mädchen heiratete und sie darauf verfiel, mich zu erpressen. Abgesehen von diesen Dingen war die ›Dawnlight‹ das einzige Schiff, auf dem ich überhaupt anmustern konnte. Ich besaß ein gewöhnliches Seemannszeugnis als Putzer. Das Handelsministerium war sehr nachsichtig mit mir gewesen und hatte mir diese Einstufung belassen, nachdem ich mit einem Hilfstanker aufgelaufen war. Betrunken und bewußtlos auf Wache. Jedenfalls gab mir der Alte die Wache von acht bis zwölf als Dritter Offizier, Papiere hin, Papiere her. So ein Schiff war das. So ein Käpt'n war das. Er glaubte, ich sei so etwas wie ein Seemann.

Wir verließen das Trockendock und fuhren nach Osten und Süden. Wir waren ohne Ladung und hatten nur zweihundert große Kisten landwirtschaftliche Maschinen in den beiden Trocken-Laderäumen. Landwirtschaftliche Maschinen mit Stahlmantelspitzen und Zündplättchen. Hübsche, massige Kisten voll Traktoren mit gezogenen Läufen. Wir hielten uns meist an die Küste, blieben aber weit draußen, abseits der Dampferrouten nach Süden. Das war bald nach Beginn des Krieges, als alle Mann an Land und zu Wasser sich über Neutralitätszonen aufregten, so daß wir uns nichts zuschulden kommen lassen wollten. Allzu große Sorgen machten wir uns aber nicht. Wir waren nicht das einzige graugestrichene, unidentifizierte Schiff auf dem Meer, bei weitem nicht, und außerdem hatten wir den Käpt'n.

Wir fuhren hinunter bis etwa 33° und dann genau nach Osten. Es war Frühherbst – Wirbelsturmzeit –, aber das Wetter war schön und mild. Wir hielten die Morgensonne ein Grad Steuerbord, und am Abend waren wir im Schatten, den wir vorauswarfen. Die Heizer sprachen von unerhörten dreiundsechzig Umdrehungen pro Minute der Maschine, wo sie in den letzten zwölf Jahren doch nicht mehr als siebenundfünfzig zustande gebracht hatte. Jedesmal, wenn ich in meiner Wache tagsüber oder nachts die Position bestimmte, stand das Schiff still und wartete auf mich, und ich navigierte wie mit einem Funkstrahl in der Tasche. Das schien überhaupt nicht mehr die alte ›Dawnlight‹ zu sein, mit ihrem alten Ruder und der miserablen Kalfaterung. Es war ein Vergnügen, mit ihr umzugehen. Sogar Cajun Joes Schiffszwieback rief bei mir kein Sodbrennen mehr hervor.

Ja, es war zu schön, um wahr zu sein, und auf Dauer stellte sich auch heraus, daß es nicht wahr war. Als wir 30° Länge erreichten, ging plötzlich alles schief. Eigentlich war gar nichts faul, aber – nun, da war etwa die Sache mit den Sextanten. Vier gab es – den meinen, den vom Ersten und den vom Zweiten, aber als Schlimmsten das alte fernglasähnliche Ding vom Käpt'n. Sie wichen alle um eine Spur ab – jedenfalls um soviel, daß wir acht oder zehn Grad vom Kurs abkamen. Nach dem dreißigsten Grad änderten wir nämlich den Kurs ein ganz klein wenig nach Norden, um auf Gibraltar zuzusteuern, und das hatten wir kaum getan, als aus dem Nichts Wolken auftauchten und ganz schlechtes Wetter aufkam.

Nachts fuhren wir durch eine schwarze Suppe, und tags in einer weißen, und der Kompaß war das einzige, das überhaupt noch verraten wollte, wo wir uns befinden mochten. Es wurde immer verrückter. Der Umlaufzähler sagte, wir machten schwache siebenkommazwei Knoten. Die Patentlogge behauptete glatte sechs. Aber erst am dritten Nebeltag, gegen fünf Glasen in meiner Morgenwache, kamen wir richtig dahinter, daß wir irregeführt wurden. Was die Sextanten anging, meine ich.

Da war ein Loch in den Wolken, hoch steuerbords querab; ich sah es kommen, rechnete mir aus, daß es die Sonne zeigen würde und pfiff den Alten und den Ersten herbei. Ich hatte recht; es war ein kleines Loch, und als wir drei uns auf der Brücke mit unseren Sextanten aufstellten, kam der Zweite schläfrig mit dem seinen herauf. Der alte Johnny Weiss war am Ruder und hielt den Steuerstrich auf der Kompaßkarte, wie nur ein alter Seebär das kann.

»Paß auf die Uhr auf, Johnny«, sagte ich und bekam das Bild von dem Wolkenloch auf meinen Spiegel.

»Hng«, sagte er, noch das nächste, wie einer von uns auf dem Kahn an ein ›Aye-aye, Sir‹ herankam.

Wir erstarrten, alle vier, die Sextanten unbeweglich wie Felsen, während wir auf das Gleißen warteten. Es kam, der Alte sagte: »Hopp!«, und wir verstellten die Winkel.

Die Zeit bekamen wir von Johnny – die alte Uhr im Ruderhaus war uns Chronometer genug – und wir holten unsere Tabellen heraus. Unsere vier Positionsbestimmungen lagen nah' genug beieinander. 31° 17′ N, 33° 9′ 40″ W – also ungefähr vierhundert Meilen östlich Madeira. Wenn wir den Unterschied zwischen der zurückgelegten Strecke, wie vom Deck- und dem Maschinenlog gegeben, in der Mitte teilten, würden wir die Position mit einem Koppelkurs erreichen. Es sah gut aus – zu gut. Die ›Dawnlight‹ war mit ihrem veralteten hydraulischen Telemotor und ihrem Schraubenantrieb schwer zu steuern. So hatte sie sich noch nie verhalten.

Als ich im Navigationsraum allein war, rechnete ich sofort nach. Alles war in bester Ordnung, aber – der Hauptspiegel an meinem Sextanten stand schief. Er war ein bißchen weggerutscht. Na, so etwas konnte eine Differenz von hundertfünfzig Meilen ausmachen! Vorgekommen war das noch nie – der Sextant war neu, und ich pflegte ihn. Wie, um alles in der –

Ich ging hinunter zum Alten. Er und der Erste beugten sich über den Tisch. Als ich hereinkam, richteten sie sich auf.

»Käpt'n, ich –«

»Was haben Sie mit Ihrem Sextanten gemessen?« fragte er, bevor ich ausreden konnte. Ich sagte es ihm. Er kratzte sich am Kopf und sah den Ersten an.

Der Erste sagte: »Jo, ich auch.« Er war ein Ire namens Toole und kam aus Boston, mit Schuhen – 1,51 m hoch. Man suchte ihn wegen vier ausgesprochen auffallenden Morden. Er sammelte Miniaturen aus dem siebzehnten Jahrhundert.

»Ich habe dasselbe, nur ist mein Sextant nicht in Ordnung. Das kann nicht stimmen. Da – das Okular ist verschoben.«

»Jetzt hören Sie mal zu.« Der Alte holte sein Ungetüm herunter und zeigte mir eine Skala, die nur so herumschlackerte. »Ganz durch Zufall hab' ich dasselbe gemessen.«

»Mensch! Das war der Grund, warum ich heruntergekommen bin, Käpt'n. Da.« Ich zeigte ihm den lockeren Spiegel an meinem Instrument.

In diesem Augenblick schob sich Harry, der Zweite, herein. Er schob sich durch alle Türen, in der irrigen Annahme, er sei bugwärts und achtern dünner als in der Breite. Schwer zu beurteilen. Harry sah alles und sagte nichts, und wenn er so unschuldig war, wie er in seiner Massigkeit aussah, wäre er nicht auf der ›Dawnlight‹ gewesen.

»Käpt'n«, sagte er, »die Messung war nicht in Ordnung bei mir. Mein Sextant –«

»– ist kaputt. Fangen Sie bloß nicht auch noch an.«

»Hm ... ja. Genau.«

»Vier Sextanten weichen gleichzeitig aus vier verschiedenen Gründen genau gleich vom Kurs ab«, sagte Toole und betrachtete den verbogenen Gradbogen. Der Kapitän seufzte.

Eine Minute lang blieb es still, und wir bemerkten es kaum, als die Decklampe des Kapitäns erlosch. Das Sprachrohr aus dem Maschinenraum gellte, und ich meldete mich, weil ich danebenstand.

»Käpt'n?«

»Dritter.«

»Sagen Sie dem Alten, daß der Generator Zwei eben geplatzt ist. Das ganze Gehäuse hinüber.«

»Was ist mit Eins?«

»Total im Eimer. Vor zwei Stunden festgefressen. Und für gar nichts Ersatz und kein Kabel für eine neue Wicklung.«

»Okay.« Ich drehte mich um und sagte dem Käpt'n Bescheid.

Er lachte beinahe.

»Wollte gerade sagen, daß wir eine Funkpeilung auf Gibraltar und Feisal machen müssen. Häh. Haben Sie nicht erwähnt, daß keine Säure für die Radiobatterien da ist?«

»Ja.«

»Häh.« Der Käpt'n trommelte einen Augenblick auf seinen Schreibtisch und starrte mich an, ohne mich zu sehen. Dann sah er mich. »Was, zum Teufel, machen Sie hier unten, wenn Sie Wache haben? Rauf mit Ihnen!«

Ich machte, daß ich wegkam – manchmal konnte man mit dem alten Knaben nicht spaßen.

Auf Deck sah das Wetter unverändert aus. Die See war glatt, die Luft warm, und ich mußte herumtasten, um die Brückenleiter zu finden. Johnny steuerte ruhig und gleichmäßig, alle zwei Minuten zwei Speichen hin oder her. Er war der einzige Mann an Bord, der ein Gefühl für den Kahn hatte, mit dem verbogenen Kiel und der schartigen und schiefen Schraube. Er hob den Kopf, als ich ins Ruderhaus kam, und brummte etwas.

»Was ist los, Johnny?«

»Sie wissen sicher, wo wir sind, ja?«

»Denke schon.«

Es hatte keinen Sinn, die Besatzung zu beunruhigen. Seeleute tratschen wie ein Bridgeklub und aus demselben Grund – eine Gruppe mit den gleichen Grundinteressen. Ich habe erlebt, daß drei Viertel einer Besatzung packte und von Bord gehen wollte, weil irgendein Schlaumeier das Gerücht in die Welt gesetzt hatte, das Schiff sollte im nächsten Hafen verschrottet werden.

Johnny grunzte, und ich ging in den Navigationsraum, um an dem Spiegel meines Sextanten herumzufummeln. So, wie das Wetter aussah, würde ich keine Gelegenheit mehr haben, ihn zu gebrauchen, aber bei Nebel an der afrikanischen Küste weiß man nie. Warum hatte Johnny so genau Bescheid wissen wollen? Je mehr ich versuchte, an etwas anderes zu denken, desto mehr störte mich das. Etwa zehn Minuten später, als ich es nicht mehr aushielt, ging ich ins Ruderhaus und sagte: »Warum willst du das wissen?«

»Ach, nur so.« Er spuckte in hohem Bogen, und der Tabaksaft landete mit einem Gongschlag im Spucknapf. »Ich denk' bloß nach.«

»Los – heraus damit.«

»Nu-u – seit zwei Tagen fahren wir doch Ostnordost – ja?«

»Und?«

»Ihr habt so gebannt durch eure Sextanten auf das Große Licht gestarrt, und es ist euch gar nicht aufgefallen, daß es am falschen Fleck war.«

»Die Sonne? Am falschen Fleck?«

»Ja. Wenn einer um die Jahreszeit Ostnordost fährt in der Gegend, mein' ich, müßt' die Sonne um halb elf direkt vor dem Bug sein.«

»Und?«

»Dabei steht sie hoch querab. Stimmt irgendwas nicht.«

Er hatte recht. Ich ging hin und setzte mich. Radio tot, Sextanten defekt; alles, was wir haben, sind der Kompaß und die Doppelkurstabellen vom guten alten Bowditch. Und jetzt – der Kompaß?

»Johnny, bist du sicher, daß du auf Kurs warst, als wir die Position bestimmt haben?«

Sein Schweigen war beredt. Der alte Johnny Weiss konnte alles steuern, was ein Ruder hatte. Wenn wir Funk gehabt hätten, wären wir in der Lage gewesen, den Kompaß zu überprüfen. Wir hatten keinen Funk. Wenn wir die Sonne hätten messen können, wäre kein Funk nötig gewesen. Wir konnten die Sonne nicht messen. Wir hatten uns verirrt – und wie. Wir steuerten geraden Kompaßkurs mit einem Schiff, das die Meilen hinter sich brachte wie nie zuvor, und es war tapfer unterwegs ins Nichts.

Ein Seemann stürmte herein.

»Wir haben die Patentlogge verloren, Sir!«

Bevor ich sagen konnte: ›Na ja, hat sowieso nicht funktioniert‹, tönte das Sprachrohr vom Maschinenraum.

»Na?« sagte ich hinein, in dem Ton, der sagen will: Was denn jetzt noch?

Es war wieder der Dritte Maschinist.

»Ist der Käpt'n oben?«

»Nein. Was gibt's?«

»Alles mögliche passiert«, jammerte der Dritte. »Warum muß das alles mir passieren?«

»Sie haben ja keine Ahnung, Freund! Was ist los?«

»Der Umlaufzählerarm hat sich gelockert und ist in den Kurbelraum gefallen. Der Kolben hat ihn erfaßt und den ganzen Zähler mitgerissen. Herrgott noch mal, was ist los hier? Sind wir verhext?«

»Scheint so«, sagte ich und pfiff ins Sprachrohr vom Kapitän, um das Neueste zu melden.

Alles hing jetzt davon ab, daß wir die Sonne anpeilen konnten. Wir hätten wenigstens unsere Geschwindigkeit mit den Umlaufzahlen, einer Gezeitenkarte und der Schraubenschlupftabelle berechnen können. Die Marinekarten scheren sich einen Dreck um diese Gewässer hier. Wozu auch anders? Um Madeira soll es eine Tiefe geben, aber vor Afrika gibt es auch genug flachen Sand. Selbst das Glück vom Käpt'n würde uns diesmal nichts helfen. Ich hatte so ein Gefühl. Wir konnten nicht einmal ein Schiff ansprechen, wenn wir einem begegneten. Es mochte eine U-Bootfalle oder ein U-Bootjäger sein, ganz scharf darauf, uns die Ladung abzunehmen. Landwirtschaftliche Maschinen! Pff!

Die Küchenordonnanz kam mit frischem Bettzeug für das Feldbett im Navigationsraum herauf. Ich wußte, was das hieß. Die Brücke würde das kleine Heim des Käpt'ns sein, bis wir da herauskamen – falls wir herauskamen. Ich war völlig fertig. Solche Dinge konnte es nicht geben – es *konnte* sie einfach nicht geben!

An diesem Abend hielten wir Kriegsrat, gleich, als meine Wache anfing, der Kapitän und ich. Den ganzen Tag war nichts geschehen; die Sonne kam einmal ganz kurz heraus und verschwand so schnell wieder, daß Harry nicht an seinen Sextanten kam. Er richtete die Peilscheibe darauf, aber das Schiff schlingerte genau in diesem Augenblick in irgendeiner Strömung stark, und die Höhenmessung stimmte nicht. Sonst hatte es nichts gegeben. – Halt, doch; wir verloren drei Windenleinen, als wir versuchten, die Geschwindigkeit mit einem Lot zu messen. Das Allerseltsamste war, daß alles andere so gut lief, wie nur denkbar.

Der Smutje hatte neun Kisten ganz erstklassiger Büchsennahrung im Wäschekasten gefunden – der Teufel wußte, wie lange sie dort schon lagen. Es war gerade so, als sei sie vom Himmel gefallen. Die Maschinen liefen fehlerlos. Der Niederdruck-Zylinder verlor sein Ächzen, und in den Waschräumen bekamen wir heißes Wasser, wenn wir es brauchten, statt kaltem Wasser oder Dampf. Sogar die Matratzen wirkten weicher. Wir wußten nur nicht, wo wir waren.

Der Alte legte die Hand auf meine Schulter und erschreckte mich, im Dunkeln hinter mir auftauchend. Ich stand auf der Nock der Brücke.

»Was ist los? Sorgen mit dem Wetter?« fragte er mich.

»Hm, ja, Käpt'n. Das gefällt mir gar nicht.«

Er stützte die Ellenbogen auf das Süll.

»Ich sag' Ihnen, wir haben keinen Grund, uns den Kopf zu zerbrechen.«

»Na ja, mag sein, aber diese Versteckspielerei paßt mir gar nicht.« Ich spürte, wie er mich aus den Augenwinkeln ansah.

»Ich will Ihnen was sagen. Wenn ich das zum Ersten oder zu Harry oder zu den Maschinisten sage, heißt es gleich, der Alte ist nicht bei Trost. Aber Ihnen sag' ich es.«

Ich war geschmeichelt.

»Das Schiff ist alt, aber ein gutes Schiff. Es wird mir leid tun, wenn ich es einem anderen geben muß.«

»Was reden Sie denn da, Käpt'n? Sie hören doch nicht auf, wenn wir zurückkommen?«

»Nein, vorher. Das ist das einzige, was mir Sorgen macht. Es wird das erste Kommando sein, das ich auf halbem Wege verliere. Ich bin Kapitän auf zweiunddreißig Schiffen gewesen, aber verlassen hab' ich sie immer im Heimathafen. So wird es diesmal nicht sein.«

Ich war mehr als erschrocken. Ich hatte den hageren alten Waffenschmuggler noch nie sentimental werden sehen.

»Was ist los, Käpt'n – glauben Sie, es geht ins Lager?« Das war ein üblicher Ausdruck auf der ›Dawnlight‹ und hieß, daß man von irgendeinem Kriegsschiff aufgebracht wurde.

»Nein, das nicht. Sie können uns nichts tun. Jetzt kann uns keiner mehr was tun. Ah – hören Sie?« Er deutete weit nach Backbord hinaus. Die Nacht war ganz still, und man hörte fast nichts als das Geräusch von Millionen platzender Luftblasen, die am Schiffsrumpf vorbeizogen. Aber weit draußen im Nebel klatschte es anhaltend – das laute, knallende Klatschen, das jeder Seemann kennt.

»Tümmler«, sagte ich.

Der Käpt'n zerrte an meinem Ellenbogen und führte mich durch das Ruderhaus zur anderen Nock.

»Horchen Sie.«

Da war es wieder, auf Steuerbord.

»Müssen viele sein«, sagte ich lakonisch, ein bißchen verärgert darüber, daß er so plötzlich das Thema wechselte.

»Es sind viele, aber das sind keine Tümmler.«

»Grindwale?«

»Fische sind es auch nicht. Sie sind was, das Sie schon in Büchern gesehen haben. Es sind Frauen mit Fischschwänzen.«

»Was?«

»Okay, war ein Spaß. Melden Sie sich, wenn Sie abgelöst werden.«

Im grünen Schimmer der Steuerbord-Positionslampe sah ich, wie er mich durchdringend anstarrte, dann schlurfte er zurück in den Navigationsraum. Ein wenig außer Atem ging ich ins Ruderhaus und zündete mir eine Zigarette an.

Der Spucknapf klirrte, und ich wartete darauf, daß Johnny etwas sagte.

»Der Käpt'n ist nicht bekloppt«, sagte er beiläufig.

»Irgendeiner ist es«, gab ich zurück. »Du hast ihn also gehört.«

»Hören Sie – wenn der Käpt'n mir sagt, der Teufel selber heizt bei der Hundewache, dann ist es der Teufel. Ich hab' die ›Tümmler‹ schon seit drei Tagen gehört. Tümmler folgen einem Schiff nicht in zweihundert Meter Abstand. Sie springen ein paar Minuten über der Bugwelle und verschwinden dann, oder sie kreuzen den Bug und spielen. Die sind anders. Ich bin fünf Grad Backbord und dann fünf Grad Steuerbord abgewichen, um zu sehen, ob ich sie anlocken kann. Nichts. Sie halten ihren Abstand.« Johnny schob einen Pfriem zwischen die Lippen.

»Ach, das – das ist doch albern, Johnny.«

Er zuckte die Achseln.

»Sie sind früher schon mit dem Alten gefahren. Er sieht mehr als die meisten von uns.« Und das war alles, was er sagen wollte.

Ungefähr zwei Tage später begannen wir zu laden. Ja, das sagte ich. Wir legten nicht an, und wir luden unsere landwirtschaftlichen Maschinen nicht aus. Wir nahmen Ladung auf – was immer es auch sein mochte. Es war bei der Vier-bis-Acht-Wache am Abend, als der weiße Nebel in der Dämmerung rußig wurde. Ich schlief fest, als das Schiff mit dem Heck aufsetzte, den Bug hob und krängte. Die Maschinen stoppten, und ich stand auf von der Ecke, wo ich hingeschleudert worden war.

Die ›Dawnlight‹ lag immer noch auf der Seite, und auf einmal war der Teufel los. Toole war anscheinend gegen den Feuermelder geprallt, und der Ausguck zeigte ein bizarres Bild. Die Glocke läutete Alarm. Eine Dampfleitung war gebrochen und erzeugte Lärm. Wenigstens das Horn war still – es war krachend heruntergestürzt.

Ich lehnte mich an die Wand, stieg gebückt in die Hose und wankte auf Deck. Ich konnte überhaupt nichts sehen. Wenn der Nebel vorher schon dicht gewesen war, war er jetzt zwanzigmal dichter.

Jemand prallte mit mir zusammen, und wir rutschten beide gegen Speigatt. Es war der Erste, unterwegs zur Kapitänskabine. Warum der Alte nicht auf der Brücke war, konnte ich nicht begreifen, außer es hing mit der seltsamen Resignation zusammen, die ihn wegen des eingebildeten Verlusts seines Kommandos überfallen hatte.

»Was denn?« sagte ich.

»Wer ist das – der Dritte?« sagte Toole. »Oh. Ich weiß nicht. Wir sind wo aufgelaufen. Wir sitzen genau drauf. Felsen sind es nicht, ich hab' nichts reißen hören. Sand ist es auch nicht. Keine Sandbank von der Größe könnte so weit landab bestehen.«

»Wo ist der Käpt'n?«

»In seiner Kabine, soviel ich weiß. Los, holen wir ihn heraus.«

Wir tasteten uns zur Tür und ins Mittschiffshaus. Aus der Kabine des Kapitäns flutete Licht, und als wir näher kamen, hörten wir das seltene, langgezogene leise Lachen. Ich werde den Schock nie vergessen, den besten aller Kapitäne, einen Mann, der in seinem Leben noch keine Bilgenplatte eingebeult hatte, in seinem gekippten Drehstuhl liegen zu sehen, die Füße auf einem gekippten Schreibtisch, in eine gekippte Flasche Whisky lachend.

»Käpt'n!« krächzte Toole. »Wir sind aufgelaufen!«

Der Käpt'n kicherte. Er war total voll. Ich beugte mich vor und schüttelte ihn.

»Käpt'n! Wir haben einen Zusammenstoß!«

Er sah uns mit blutunterlaufenen Augen an.

»Häh. Setzt euch, Jungs, die Fahrt ist vorbei. Wir sind nicht aufgelaufen. Wir sind bloß erledigt. Häh!«

»Boote fertigmachen«, sagte Toole halblaut zu mir.

Der Käpt'n hörte ihn.

»Warten Sie!« sagte er wütend und stand schwankend auf. »Noch habe ich hier das Kommando! Keine Boote ins Wasser lassen! Wir sind nicht in Seenot, hören Sie? Häh! Wir laden. Ich weiß genau Bescheid. Seht es euch selber an, wenn ihr mir nicht glaubt!«

Toole starrte den Kapitän einen Augenblick an. Ich stand dabei. Wenn Toole entschied, daß der Alte verrückt geworden war, würde er das Kommando übernehmen. Wenn nicht, hatte nach wie vor der Kapitän das Sagen. Plötzlich beugte Toole sich vor und drehte den Hauptschalter der Alarmanlage. Sie hatte eine eigene kleine Batterieschaltung und war das einzig Elektrische an Bord, das noch funktionierte. Die Stille war ohrenbetäubend, als die Alarmglocken im ganzen Schiff verstummten, und wir konnten von achtern her Stimmengewirr hören, wo die Besatzung zusammengelaufen war. Es waren besonnene Leute; eine Panik würde es nicht geben. Toole winkte mich hinaus. Draußen sagte er: »Was meinen Sie?«

»Ich glaube, er ist – ich weiß nicht, Toole. Er ist zuerst Seemann und dann Mensch. Wenn er sagt, daß wir nicht in Seenot sind, stimmt es wohl. Natürlich ist er betrunken.«

»Wenn er betrunken ist, denkt er besser«, schnaubte Toole. »Los, schauen wir uns um.«

Wir stiegen hinunter. Das Schiff lag still. Es lag auf der Seite, wahrscheinlich mit Steuerbord unter Wasser, die Reling dort überspült.

»Gehen wir nach Backbord«, sagte Toole. »Vielleicht können wir sehen, was es gerammt hat.«

Wir mußten auf allen vieren hinaufkriechen, so steil stand das Deck. Es nützte uns nichts; dort war nichts zu sehen als der Nebel.

Toole klammerte sich mit einem Arm an der Kettenreling fest und keuchte: »Sie sehen auch nichts da unten, wie?«

Ich hing über der Kante.

»Ich seh' nicht mal das Wasser.«

»Gehen wir zur Steuerbordseite hinunter. Da muß sie überspült sein.«

Es stimmte. Ich trat knöcheltief in Meerwasser, bevor ich wußte, wo ich war. Die See war völlig ruhig, der Nebel beinahe greifbar, und irgend etwas hielt das Schiff in dieser Schieflage fest. Ein scheußliches Gefühl, kann ich nur sagen. Wenn wir nur gewußt hätten, was unter uns war! Und dann – sahen wir, wie das Schiff beladen wurde.

Hoffentlich erlebe ich so etwas kein zweitesmal. Der Nebel wirbelte, wie um uns zu necken und zu quälen, lautlos von der Schiffsseite davon und ließ eine kleine, trübe Insel der Sichtbarkeit zurück, auf die wir hinunterstarren konnten. Wir sahen zwölf, fünfzehn Meter Deck und die Reling, die achtern und bugwärts ins Wasser tauchte, und wir sahen eine kreisförmige Stelle, wo das Wasser ruhig war. Ringsum war alles in Nebel getaucht. Aber auf dem Wasserfleck waren Fußabdrücke. Wir sahen sie beide zur gleichen Zeit und erstarrten. Über das Wasser kamen sie auf uns zu – zu Dutzenden.

Das Wasser glich einem federnden, glänzenden Straßenbelag, und die Eindrücke von Dutzenden – Hunderten – von Füßen führten darüber hinweg zum Schiff. Aber es war niemand zu sehen. Nur die Fußabdrücke. O Gott!

Es gab große breite, große schleppende und kleine schnelle sowie ›stapfende‹. Einmal kroch etwas Langes und Unsichtbares mit vielen Beinen zum Schiff, und einmal trippelten kleine spitze Füße lautlos über die Ketten, und *Etwas* fiel einen Meter von uns entfernt hin. Es gab kein Klatschen, sondern nur den Eindruck eines kleinen, vollkommenen Körpers im Wasser, der sich herumdrehte und auf die Beine stellte und zum Deck hinüberlief und verschwand. Ich hatte plötzlich das Gefühl, mitten in einer schiebenden Menge von – von Leuten zu sein. Nichts berührte mich, und doch war ich überall umgeben vom Druck vieler Wesen, die einander anstießen und drängten und schoben, nur um schnell an Bord zu kommen. Es war gräßlich. Das Ganze wirkte nicht bedrohlich oder angsterregend, außer, daß hier etwas stattfand, das nicht zu begreifen war.

Der Nebel senkte sich plötzlich herunter, und wir standen einen langen Augenblick da und spürten den Druck dieses Gewühls von ›Passagieren‹, und dann streckte ich die Hand aus, fand den Arm des Ersten und zerrte ihn mit. Wir kletterten eine schräge Leiter hinauf und standen im Lampenschimmer in der Kapitänskajüte.

»Das ist doch alles Unsinn«, sagte ich schwach.

»Hm-m-m.«

Ich wußte nicht, ob Toole mir recht gab oder nicht.

Die Stimme des Käpt'ns tönte vom Bullauge herüber.

»Häh! Für den Whisky dank' ich euch sehr, wirklich. Was für ein Ding, was für ein Ding!« Und er gab einen schrecklichen Laut von sich, der ein Lachen sein mochte. Ich starrte hinüber. Er nickte und grinste das Schott an und prostete ihm mit dem Schnaps zu.

»Er sieht was«, sagte der Erste plötzlich.

»Vielleicht sind wir anderen alle blind«, sagte ich, und der betäubte Ausdruck des Ersten brachte mich auf die Frage, warum ich das gesagt hatte. Wortlos ging er hinauf zur Brücke, während ich nach hinten ging, um die Besatzung zu beruhigen.

Wir lagen da vierzehn Stunden, und die ganze Zeit ging die unsichtbare Invasion weiter. Es gab nichts, was wir tun konnten. Und verrückte Dinge passierten. Dies oder das hätte jedem von uns hier und da passieren können, aber – na, urteilen Sie selber.

Als ich an diesem Abend meine Wache antrat, blieb nichts anderes zu tun, als abzuwarten, weil wir festsaßen, und ich beschäftigte Johnny damit, das Messing zu polieren. Er holte Politur und Lumpen und fing an. Ich starrte in den Nebel, und nach etwa zehn Minuten hörte ich Johnny fluchen und Lumpen und Dose hinauswerfen.

»Was ist denn, Johnny?«

»Hat keinen Sinn, sich zu plagen. Muß am Nebel liegen.« Er deutete auf das Kompaßhaus. »Da, sehen Sie!«

Alle Stellen, die er poliert hatte, waren schwarzgrün, und rund um diese Stellen glänzte das verbeulte Messing! Ich sagte Johnny, er solle sich eine Tasse Kaffee geben lassen, und setzte mich hin, um zu rauchen.

Keine Zigaretten in der rechten Tasche. Keine in der linken. Ich *wußte,* daß ich eine Packung eingesteckt hatte. »Verdammt!« murmelte ich. Wo, zum – was suchte ich eigentlich? Zigaretten? Aber ich hatte doch eine Packung in der Hand! Wurde ich jetzt langsam alt oder was? Ich versuchte, das mit einem Achselzucken abzutun. Ich mußte sie die ganze Zeit in der Hand gehalten haben, nur – nun, mir passiert so etwas nicht! Ich bin nicht zerstreut. Ich zog eine Zigarette heraus und steckte sie zwischen die Lippen, tastete nach einem Streichholz. Also, wo – ich fluchte. Keine Streichhölzer. Was nützt einem eine Zigarette, wenn man keine – ich erstickte plötzlich an zuviel Rauch. Warum suchte ich nach Streichhölzern? Meine Zigarette brannte!

Wenn ein Seemann nervös wird, fängt er meistens an, über das Mädchen nachzudenken, das er zurückgelassen hat. Es war mein Pech, daß ich eine Frau hatte, an die ich nicht denken wollte. Ich versank einfach in eine Betäubung, während ich die verhexte Zigarette zu Ende rauchte. Nach einiger Zeit kam Johnny zurück und brachte mir eine Tasse Kaffee mit.

Ich mag meinen Kaffee nur schwarz. Den Löffel befeuchten und ihn ins Zuckerfaß stecken, das ist süß genug für mich. Johnny gab mir die Tasse, und ich nahm die Untertasse herunter. Der Kaffee war mit Milch – auf einem Schiff heißt das Trockenmilch – und klebrig süß.

»Herrgott, Johnny, du weißt doch, wie ich meinen Kaffee mag. Was soll das heißen?«

»Was?«

Ich zeigte ihm den Kaffee. Als er die blasse Flüssigkeit sah, zuckte er zurück wie vor einer Giftschlange.

»So wahr ich hier steh', Dritter, ich hab' keinen Tropfen Milch in die Tasse getan! Und Zucker auch nicht!«

Ich knurrte etwas und warf Tasse und Untertasse hinaus. Ich konnte zu Johnny nichts sagen. Ich *wußte*, daß er die Wahrheit sagte. Nun ja, vielleicht waren noch Milch und Zucker in seiner Tasse gewesen, und er hatte es nicht bemerkt. Eine schwache Ausrede, aber ich klammerte mich daran.

Um sechs Glasen stieg der Zweite schwerfällig die Leiter herauf.

»Okay – Sie sind abgelöst«, sagte er.

»Um elf Uhr? Was soll das?«

»Och –« Er keuchte und schwitzte. »Ich konnte nicht schlafen, das ist alles. Ab dafür.«

»Mensch! Das ist das erstemal, daß Sie aufstehen, bevor Sie geweckt werden, Harry. Was ist los – steht Ihnen der Kahn zu schief?« Das Schiff krängte noch immer um etwa 47°.

»Nee. Bei so was kann ich immer schlafen. Es war... Ach, geh'n Sie hinunter, Dritter.«

»Okay. Kurs und Tempo gleich – Null-Null. Der Wind ist auf der Wetterseite, und wir laufen zwischen den Ankern. Der Bug ist direkt vor uns, der Schornstein achtern. Die Temperatur –«

»Hören Sie auf, ja?«

»Die Temperatur beim Zweiten ist ziemlich heiß. Was haben Sie, Harry?«

»Das will ich Ihnen sagen«, erwiderte er plötzlich ganz leise, damit Johnny nichts hören konnte. »Es war meine Koje. Voller Nägel. Ich hab' sie nicht sehen, aber fühlen können. Ich bin völlig fertig.« Er wischte sich das dicke Gesicht.

Ich schlug ihm auf die Schulter und ging lachend achtern. Es tat mir leid, daß ich gelacht hatte. Als ich mich in meine Koje legte, war sie voll kalter, feuchter Würmer, die herumkrochen und mich stöhnend und schaudernd auf den Boden trieben, wo ich mich in den Teppich einrollte, um ein bißchen zu schlafen. Nein, sehen konnte ich sie nicht.

Wir fuhren dort ab – wo immer ›dort‹ gewesen sein mochte – nach etwa vierzehn Stunden. Wir kamen nie dahinter, was das Schiff zum Stillstand gebracht hatte. Wir loteten überall und fanden nichts als tiefes Wasser. Was es auch war, worauf das Schiff gelegen hatte, es befand sich unmittelbar unter dem Rumpf, so daß kein Lot hingelangte. Nach der ersten Überraschung gewöhnten wir uns fast daran – und an den Nebel, dicht wie verwehter Schnee, der alles bedeckte. Und die ganze Zeit über ging das ›Verladen‹ weiter. Als es anfing, konzentrierte sich das unsichtbare Gedränge um das Steuerbord-Brunnendeck, das überspült wurde, aber nach wenigen Stunden breitete es sich über das ganze Schiff aus. Überall, wo man hinging, sah man nichts und spürte eigentlich auch nichts, und doch steigerte sich die Empfindung, daß man gedrängt und gestoßen wurde.

Es passierte beim Frühstück, 7.20 Uhr. Der Käpt'n war dabei, und der Erste auch, obwohl er auf die Brücke gehört hätte. Harry rollte mit seinen drei Zentnern herein, blaß und übernächtig. Ich entnahm daraus, daß immer noch Nägel in seiner Koje waren. Als Zweiter hatte er seine Wache von Zwölf bis Vier, und so verzichtete er meist aufs Frühstück.

Der Kapitän lungerte in seinem Sessel, gegen das schräge Deck gestemmt, und grinste. Das ärgerte mich. Ich wies die Flasche zurück, die er mir hinschob, und bestellte meine Eier.

»Na, seien Sie doch nicht so«, sagte der Käpt'n. »Alles ist unter Kontrolle. Wir bekommen alle eine Prämie, und keinem passiert was.«

»Ich versteh' Sie nicht, Käpt'n«, sagte ich brüsk. »Hier sitzen wir fest, mitten in der dicksten Suppe, an Bord ist alles durcheinander, und Sie amüsieren sich. Wenn Sie wissen, was vorgeht, sollten Sie uns einweihen.«

»Da hat er nicht unrecht, Käpt'n«, sagte der Erste. »Ich möchte wenigstens ein Boot hinunterlassen und nachsehen, wo wir aufgelaufen sind. Das habe ich Ihnen gestern abend schon gesagt, aber Sie wollten kein Boot ins Wasser lassen. Was soll das – wollen Sie nichts wissen?«

Der Kapitän tauchte Zwieback in den Rest seiner vier Eier.

»Hört mal, Jungs, hab' ich euch nicht schon oft wo rausgeholt? Hab' ich euch je hängen lassen? Häh. Na, das mach' ich auch jetzt nicht.«

»Okay, okay«, sagte der Erste gereizt, »aber hier braucht es ein bißchen mehr als Seemannskunst, Käpt'n.«

»Von Ihnen nicht, klar?« fauchte der Kapitän. »Ich weiß, was vorgeht, aber wenn ich es euch sagen würde, würde mir keiner glauben. Euch passiert nichts.«

Ich beschloß, die Sache selbst in die Hand zu nehmen.

»Toole, er hat die absurde Idee, daß wir keine Gewalt mehr über das Schiff haben. Hat er mir neulich nachts erzählt. Er sieht Gespenster. Er sagt, wir wären umgeben von Weibern mit Fischschwänzen.«

Der Erste sah den Alten schief an. Der Kapitän stand plötzlich auf.

»Es ist aber wahr! Ich wette eure Heuer gegen meine, daß ich eine für mich bekomm'! Wir nehmen eine Ladung auf von –« Er schluckte und reckte sein Gesicht so nah' an mich heran, daß sich unsere Stirnen beinahe berührten. »Wo, zum Teufel, glauben Sie, hab' ich den Whisky her?« brüllte er. »Jemand hat das Schiff gechartert, und wir werden bezahlt. Was stört es euch, wer es ist? Ihr habt euch doch vorher auch nie Gedanken gemacht!« Er stapfte hinaus.

Harry lachte hohl.

»Jetzt haben Sie's gehört, Dritter!«

»Hol mich der Teufel«, sagte ich hitzig. »Ich vertrau' dem Alten mindestens genauso wie jeder andere, aber viel nehme ich jetzt nicht mehr hin.«

»Nur die Ruhe, Mann«, sagte Harry tröstend. Er griff nach der Büchsenmilch. »Das liegt viel am Nebel und an der Einbildung. Bis der Käpt'n etwas tut, das Besatzung, Schiff oder Fracht in Gefahr bringt, brauchen wir uns nicht aufzuregen.«

»Was sagen Sie dazu, daß er in seiner Kabine bleibt, wenn das Schiff etwas rammt?«

»Er scheint zu wissen, daß alles in Ordnung ist. Lassen Sie's auf sich beruh'n. Bis jetzt ist alles okay. Wenn der Nebel verschwindet, ist alles wieder bestens. Sie lassen sich von Ihrer Phantasie verwirren.« Er starrte Toole an und kippte die Milchbüchse über seine Tasse.

Heraus lief Tinte.

Ich packte die Kante des schrägen Tischs, schaute weg und wieder hin. Es war wirklich so – schwarze Tinte aus einer Milchbüchse, die ich den Smutje erst vor drei Minuten hatte öffnen sehen. Ich sagte nichts, weil ich nicht konnte. Weder Toole noch Harry bemerkten es. Harry stellte die Büchse auf den Tisch und schob sie Toole hin.

»Also gut«, sagte Toole, »wir halten den Mund, bis der Käpt'n etwas wirklich Unsinniges macht. Aber ich weiß zufällig, daß wir Fracht für einen Mittelmeerhafen haben, und falls wir je von dieser Sandbank wegkommen, oder was das ist, sorge ich dafür, daß sie ans Ziel kommt. Charter ist Charter.« Er griff nach der Büchse.

Heraus lief Blut.

Das gab mir den Rest. Er schaute einfach nicht hin! Harry beugte sich über einen Berg Rührei, und der Erste sah mich an, während mein Magen revoltierte. Ich murmelte etwas und ging zur Brücke hinauf. Jedesmal ergab sich eine vernünftige Erklärung. Wissen Sie, warum ich nicht sagen konnte, was ich gesehen hatte? Weil aus der Tinte und dem Blut Milch wurde, sobald sie in den Kaffee rannen! Man kann den Leuten doch nicht erklären, daß man übergeschnappt ist!

Es war zehn Minuten vor acht Uhr, aber Johnny Weiss war, wie üblich, frühzeitig da. Er war ein ausgezeichneter Steuerer, einer der besten, mit denen ich je gefahren war. Ein sehr besonnener Mann, aber ich hielt nichts von seinem blinden Vertrauen zum Käpt'n. Bis zu einem gewissen Grad ging das in Ordnung, aber jetzt –

»Soll ich irgendwas machen?« fragte er mich.

»Nein, Johnny, warten Sie einfach. Johnny – was würden Sie tun, wenn die Offiziere zu der Ansicht kämen, daß der Kapitän verrückt geworden ist und ihn in Ketten legen würden?«

»Ich leih' mir eine Kanone vom Alten aus und schieß' die Ketten entzwei«, sagte mein Steuerer lakonisch. »Und dann laß ich mir von ihm Befehle geben.«

Johnny war eine Schlüsselfigur in der Besatzung. Wir beschworen echten Ärger herauf, wenn wir etwas unternahmen. Ach, es hatte keinen Zweck. Wir konnten nichts tun als abwarten.

Um acht Glasen genau schwammen wir wieder, und der heftige Ruck kippte allesamt von den Beinen. Mit einem ohrenbetäubenden Klatschen und dumpfen Scharren sackte die ›Dawnlight‹ unter uns weg, richtete sich auf, neigte sich weit auf die andere Seite und kam dann langsam wieder ins Gleichgewicht. Als ich mich aufgerafft hatte, stellte ich den Maschinentelegraphen auf ›Achtung‹, schickte das Sprachrohr vom Kapitän hinunter und Johnny mit einem Wink ans Ruder. Er stellte sich hin, als verließen wir das Dock in einem Seehafen. Kein Bibbern, nichts! Der alte Johnny war einmalig.

Ich meldete mich im Maschinenraum.

»Alles bereit!« sagte die Stimme des Dritten Maschinisten. »Und ich glaube, in zehn Minuten läuft auch der Generator wieder!«

»Sehr gut!« sagte ich und pfiff dem Kapitän. Er mußte den ungeheuren Ruck gespürt haben. Ich konnte nicht begreifen, weshalb er nicht an Bord auf der Brücke war.

Er meldete sich schläfrig: »Ja?«

»Wir schwimmen«, stieß ich hervor.

»Und?«

»Was wollen Sie – hier liegenbleiben? Oder fahren wir irgendwohin?«

Es blieb lange Zeit still – so lange, daß ich fragte, ob er noch dran sei.

»Ich habe meine Anweisungen bekommen«, sagte er. »Ja, wir fahren. Volle Kraft voraus.«

»Kurs?«

»Woher soll ich das wissen? Ich bin fertig. Sie bekommen Ihre Befehle.«

»Von Toole?«

»Nein!«

»He, wenn Sie nicht der Käpt'n sind, wer denn dann?«

»Keine Ahnung. Volle Kraft voraus!« Ich hörte, wie er den Stopfen ins Rohr schob, dann wandte ich mich Johnny unsicher zu.

»Er hat gesagt, volle Kraft voraus, nicht?« sagte Johnny ruhig.

»Ja, aber –«

»Aye aye, Sir«, sagte er mit einer Spur von Sarkasmus und riß den Hebel des Telegraphen herum.

Ich streckte die Hand aus, dann zuckte ich die Achseln und schob sie in die Tasche. Ich gedachte, Toole Bescheid zu sagen, sobald meine Wache vorbei war.

Johnny begann zu steuern, als das Stampfen der Maschinen durch die Planken drang.

Der Erste kam mittags mit Harry herauf, und wir berieten uns. Toole rieb sich die Hände und genoß die Wärme der grellen Sonne, die seit drei Glasen gleißend schien, so, als wolle sie die drei Tage Nebel wettmachen.

»Wohin fahren wir?« fragte er.

»Genau nach Westen«, sagte ich bedeutungsvoll.

»*Was?* Und wir haben eine Fracht fürs Mittelmeer?«

»Ich bin hier nur beschäftigt«, sagte ich. »Anweisung vom Kapitän.«

Harry zuckte die Achseln.

»Dann geht es eben nach Westen, das ist alles«, brummte er.

»Wollen Sie Geld für die Fahrt?« fuhr ihn Toole an. Er griff nach dem Zettel, auf dem ich die Schiffsposition vermerkt hatte, die gleich nach dem Erscheinen der Sonne bestimmt worden war. »Wir sind südlich von Madeira und fahren direkt nach Hause«, fuhr er fort. »Wie, glauben Sie, werden die Waffenlieferanten reagieren, wenn wir mit ihrer Fracht zurückkommen? Jetzt ist endgültig Schluß.«

Harry versuchte, seinen Arm festzuhalten, aber er riß sich los und ging ins Ruderhaus. Der Steuerer der Wache von zwölf bis vier hatte Johnny Weiss noch nicht abgelöst.

»Ändern Sie den Kurs«, fauchte der Erste, am ganzen Leib zitternd. »Ostnordost!«

Johnny betrachtete ihn kühl und spuckte aus.

»Der Käpt'n ändert den Kurs, Erster.«

»Dann ändern Sie den Kurs!« brüllte Toole. »Der Holländer hat den Verstand verloren. Von jetzt an kommandiere ich das Schiff!«

»Davon hab' ich nichts gehört«, sagte Johnny ruhig und blieb auf dem alten Kurs.

»Bei Gott, ich bin der Erste Offizier!« sagte Toole. »Sie haben keinen Befehl von diesem Irren, die Anweisung eines Vorgesetzten zu mißachten, verstehen Sie? Ich fordere Sie noch einmal auf: Steuern Sie nach Osten!«

Weiss schaute zum Ruderhausfenster hinaus und überlegte in

Ruhe. Der Erste Offizier hatte alles klargestellt; sich weiterhin zu weigern, bedeutete blanke Insubordination. Johnny hing zwar sehr am Kapitän, aber er war zu sehr Seemann, um jetzt stur zu sein, bis er genauer wußte, wo er stand.

»Osten, Sir«, sagte er dumpf. Er drehte am Ruder und grinste schief. »Es – reagiert nicht, Sir!«

Ich sah rot.

»Geh hinunter!« zischte ich und stieß ihn mit der Schulter vom Ruder weg. Er lachte laut und ging hinaus.

Ich packte die zwei obersten Speichen, zog die Schultern hoch und zerrte mit aller Kraft. Plötzlich leistete das Ruder keinerlei Widerstand mehr, und meine Anstrengung schleuderte mich Hals über Kopf auf den Zweiten, und wir stürzten beide auf den Boden, ich unter den Fettkloß. Das war so, als liege man unter einem Anker. Er bekam keine Luft und rührte sich nicht. Ich erstickte fast, aber der Erste war zu verblüfft, um etwas anderes zu tun, als die Augen aufzureißen. Als Harry endlich von mir herunterrollte, dauerte es zwei Minuten, bis ich mich wieder bewegen konnte.

»Den Steuerer soll der Teufel holen«, ächzte ich, als wir wieder auf den Beinen waren.

»Konnte nichts dafür«, keuchte Harry. »Er hat wirklich versucht, das Ruder zu drehen.«

Da ich Johnny kannte, mußte ich ihm recht geben. Mit einem solchen Trick würde er sich nie abgeben. Ich kratzte mich am Kopf und starrte den Ersten an. Er steuerte jetzt, offenbar ohne jede Schwierigkeit.

»Erzählen Sie mir nicht, daß Sie das Schiff drehen können!«

Er grinste.

»Braucht nur einen guten Rudergast«, spottete er. Und dann standen die Maschinen still, der Telegraphenhebel stellte sich auf ›Stop‹, und das Sprachrohr vom Maschinenraum quäkte.

»Was ist jetzt schon wieder?«

»Weiß nicht«, sagte die klagende Stimme des Maschinisten. »Es war einfach Schluß.«

»Okay. Geben Sie uns Bescheid, wenn das behoben ist.«

»Was ist denn los, verdammt noch mal?« sagte der Erste.

Ich zuckte die Achseln.

»Die Fahrt ist verhext«, sagte ich.

»Ich weiß nicht, was mit euch los ist«, meinte Harry. »Der Käpt'n hat was von einem neuen Auftrag gesagt. Er braucht uns nicht zu sagen, wer ihn erteilt hat.«

»Er braucht uns auch nicht im dunkeln tappen zu lassen«, sagte Toole. Dann blickte er auf den Kompaß und sagte: »Seht euch das an! Sie dreht wieder nach Westen!«

Ich schaute über seine Schulter. Das Schiff drehte sich langsam in der trägen Dünung, genau nach Westen. Und gerade als 270° erreicht waren, begannen die Maschinen wieder zu stampfen.

»Ah!« sagte der Erste und bestätigte ›Volle Kraft voraus‹ auf dem Telegraphen.

Der Maschinist meldete sich wieder und sagte, er sei außer sich.

»Ich saufe nie mehr«, sagte er. »Die stehen von selber still und laufen von selber wieder, und wenn das so weitergeht, brech' ich noch in Tränen aus!«

Und so kamen wir dahinter, daß das Schiff mit seiner seltsamen Fracht auf seinem eigenen Willen bestand. Denn jedesmal, wenn wir den Kurs zu ändern versuchten, standen die Maschinen still, oder ein Ruderkabel riß oder der Steuermotor gab auf. Was konnten wir tun? Wir machten unsere Wachen ab und führten unser Schiff so, als sei nichts geschehen. Hätten wir das nicht getan, wären wir so verrückt geworden, wie wir schon zu sein glaubten.

Eines Nachmittags fiel Harry etwas Seltsames auf. Er sagte mir Bescheid, als wir die Wache beendeten.

»Sie kennen die Bücherkiste im Navigationsraum?« fragte er.

Ich kannte sie. Es war ein Bücherkasten von der Bücherei der amerikanischen Handelsmarine, noch aus der Zeit stammend, als das Schiff ehrlich gewesen war. Ich hatte so ziemlich alles gelesen. Es gab ein paar Sprachkurse in Französisch und Spanisch, ein halbes Dutzend Kriminalromane, einen Stapel zehn Jahre alter Zeitschriften und eine Sammlung von Broschüren und anderem Zeug.

»Na, gegen drei hör' ich ein Geräusch im Navigationsraum«, sagte Harry, »und ich seh' nach. Tja, und die Bücher heben sich von selbst aus dem Kasten und kippen auf den Boden. Die meisten fliegen nur so rum, aber ein paar stapeln sich säuberlich am Schott. Ich hab' das nur einen Augenblick gesehen, dann hörte es auf, so, als hätte ich jemanden ertappt, aber ich konnte da keinen Menschen seh'n.« Er verstummte, befeuchtete die Lippen und atmete schwer. »Ich seh' mir den Stapel Bücher an, und sie haben alle mit Nordamerika und den Vereinigten Staaten zu tun. Zwei, drei Geschichtsbücher, ein Atlas, ein Führer für New York, ein Buch über die Nationalparks – lauter solches Zeug. Ich geh' zurück ins Ruderhaus, und ein paar Minuten später schaue ich wieder hinein. Die ganzen Bücher über Amerika liegen im Navigationsraum herum, und die Seiten blättern sich um, als lese einer drin, nur – es war überhaupt niemand da!«

Wen, zum *Teufel*, hatten wir an Bord, der Bescheid wissen wollte über die Vereinigten Staaten? Wer hatte unser Schiff ›gechartert‹? Ich schwor mir, daß ich, falls ich je in die Staaten zurückkommen sollte, von Bord gehen und nie mehr hier anmustern würde. Polizei hin, Polizei her. Irgendwann hört es auf.

Nach etwa drei Tagen Fahrt stellte uns ein Torpedoboot. Es war ein kleines, graues, schnelles Schiff und gehörte zu einer Nation, die Waffenschmuggler gern versenkt. Zu einer der Nationen, meine ich. Ich war eben von der Wache gekommen und lehnte an der Heckreling, als ich es von hinten heranrauschen sah.

Ich rannte nach vorn und packte einen Matrosen.

»Flaggen aufziehen«, sagte ich. »Ist mir egal, was für welche. Schnell!«

Ich hetzte die Leiter hinauf, zerrte Toole aus dem Ruderhaus, zeigte ihm das Torpedoboot und stürmte zur Funkkabine, die uns jetzt wieder etwas nützte, seitdem der Generator lief.

Ich setzte mich an das Morsegerät und stülpte den Kopfhörer über. Tatsächlich hörte ich nach wenigen Augenblicken: »Was für ein Schiff? Woher? Wohin?« wiederholt auf Englisch, Französisch, Deutsch und Spanisch. Ich hätte den Käpt'n gerufen, hatte ihn aber aufgegeben. Toole kam herein.

»Sie wollen wissen, wer wir sind«, sagte ich aufgeregt. »Wer sind wir?«

»Warten Sie, bis ich die Flagge sehe, die der Junge aufzieht«, erwiderte er. Er ging zur Tür, und ich hörte ihn fluchen und pfeifen. »Sehen Sie mal«, sagte er.

Am Mast flatterte eine leuchtend grüne Fahne mit einem sich aufbäumenden Einhorn. Ich hatte sie schon einmal gesehen – wo war das gewesen? Es war Jahre her – ach ja, richtig! In einem Buch über englische Märchen; das sollte die Fahne von Oberon und Titania sein, König und Königin der... der Elfen, der Feenwelt!

Betäubt drehte ich mich herum und begann zu morsen. Ich nahm nicht einmal wahr, daß ich sendete. Irgendein Kobold lenkte meine Hand, und erst als der Spruch abgeschickt war, begriff ich, daß ich mitgeteilt hatte: »S. S. ›Princess of Birmingham‹, Liverpool, unterwegs nach Calais mit Flugzeugersatzteilen.«

»Danke!« kam es vom Torpedoboot, und man setzte uns einen Schuß vor den Bug. Toole war auf die Brücke zurückgekehrt, und ich saß schwitzend da und fragte mich, was, zum Teufel, ich tun sollte. Was für eine Dummheit, das ausgerechnet zu einem feindlichen Kommando zu sagen!

Die Maschinen stampften plötzlich mühsamer, und das Schiff verlor merklich an Fahrt. Ah, klar, der alte Eimer mußte sich natürlich gerade einen solchen Augenblick aussuchen! Ich schlug mir mit den Fäusten auf den Kopf und stöhnte. Es war aus.

Das Torpedoboot war querab und hielt auf uns zu. »Beidrehen!« summte es ständig in meinem Kopfhörer. Durch das Bullauge neben mir konnte ich schon die Besatzung auf dem schmalen Deck des Bootes sehen. Ich wandte mich wieder dem Morsetaster zu und übermittelte dem Kommandanten des Torpedoboots Ratschläge für eine höchst originelle Weise, sich zu amüsieren. Als Antwort darauf richteten sich die vier Geschütze auf uns.

Das Sprachrohr quäkte. Toole sagte: »Was, zum Teufel, haben Sie zu ihm gesagt? Er will uns versenken!«

»Ich weiß nicht«, klagte ich. »Ich weiß gar nichts!«

Ich riß den Kopfhörer herunter, stützte meinen Kopf mit den Fäusten und blieb mit dem Rücken zu dem Torpedoboot sitzen, das auf uns zurauschte. Und da, in den Wellen war ein Kommandoturm, komplett mit Periskop und allem!

Also, da waren wir, hilflos daliegend, mit defekten Maschinen zwischen einem Torpedoboot und einem U-Boot hin- und herschwankend. Wir waren sichere Beute für jeden, der für irgendeine x-beliebige Nation auftrat. Die meisten von uns waren Amerikaner; wenn das Torpedoboot uns aufbrachte, würde es einen internationalen Zwischenfall geben, zu einem Zeitpunkt, zu dem niemand sich einen solchen leisten konnte. Wenn das U-Boot uns erwischte, kamen wir ins Lager. Versenken konnten uns beide. Wir waren Freiwild.

Ich ging hinauf auf die Brücke. Es hatte keinen Sinn, irgend etwas zu tun. Wenn wir in die Boote gingen, würden wir wahrscheinlich von Maschinengewehren niedergemäht werden. Toole zerrte verzweifelt am Hebel des Maschinentelegraphen.

»Ich versuche zu stoppen!« stieß er hervor. »Sie fährt ganz langsam. Mit den Maschinen stimmt etwas nicht. Der Krach ist so groß, daß der Maschinist das Rohr nicht hört. Der Telegraph klemmt! Das Ruder reagiert nicht! Mein Gott!«

»Wo ist Ihr Steuerer?«

Toole deutete mit dem Daumen auf die Leiter.

»Ich habe ihn weggeschickt, damit er in den Maschinenraum läuft, und er ist gestolpert und aufs Bootsdeck hinuntergestürzt! Bewußtlos!«

Ich lief zur Backbordnock und blickte zum U-Boot hinüber. Es griff an, ohne lange zu fragen, typisch! Eine Wasserwolke spritzte auf, und ein Torpedo lief auf uns zu. Bei unserer Geschwindigkeit würde er uns genau zwischen dem Trockenfrachtraum achtern – wo die ›landwirtschaftlichen Maschinen‹ waren – und den Maschinenraum treffen. Er würde die Munition und den Kessel erwischen – gute Nacht!

Und dann griff unser ›zeitweiliger Kommandant‹ ein. Die defekten, jaulenden Maschinen heulten plötzlich auf, erzitterten und liefen normal. Die ›Dawnlight‹ knarrte in allen Fugen, hob den Bug drei Meter hoch und raste mit einem Tempo vorwärts, das ihre Erbauer bestritten hätten. Nach fünfzig Sekunden brachte sie vierzehn Knoten. Der Torpedo fegte knapp unter unserem Heck vorbei, und die tobende Kielspur des Frachters lenkte ihn ab, so daß er – direkt auf das Torpedoboot zufegte!

Er traf knapp hinter dem Steven, riß dem Torpedoboot den Bug weg und drehte es herum. Es richtete sich langsam wieder auf und lag hilflos im Wasser. Das U-Boot, das es zum erstenmal entdeckte, tauchte auf, und aus den Luken sprangen Männer, um das Geschütz zu besetzen. Man feuerte auf das Torpedoboot, so schnell man laden konnte, und das Torpedoboot erwiderte das Feuer, zwei Schüsse für jeden des U-Boots. Und der Beschäftigung überließen wir sie. Vielleicht feuern sie immer noch aufeinander. Jedenfalls waren sie viel zu sehr beschäftigt, um auf einen alten Tanker zu achten. Und Toole und ich – nun, wir weinten zwanzig Minuten lang, jeder an der Schulter des anderen, und danach lachten wir uns krank.

In den nächsten vier Tagen ging alles glatt, abgesehen von den Streichen, die uns gespielt wurden. Der Käpt'n blieb in seiner Kabine; später kamen wir dahinter, warum, so daß ich es ihm eigentlich nicht übelnehmen kann. Von den vielen Wesen, die man an Bord fühlen konnte, war noch immer nichts zu sehen, wieder abgesehen von den Streichen, die uns gespielt wurden. Wir hielten unsere Wachen und aßen unsere Mahlzeiten und strichen und spachelten wie üblich. Bis auf die – aber davon habe ich schon gesprochen.

Wie bei der Gelegenheit, als die braune Farbe am Achterschott den Stahl für achtundvierzig Stunden durchsichtig machte. Hinter dem Schott befand sich der Waschraum der Besatzung. Die Aussicht von oben vorne war toll. Wie der Heizer der Vormittagswache sagte: »Wär' mir ja egal, wenn der Waschraum bloß ein Waschraum wär'.«

Und viele Kleinigkeiten, etwa ein Löffel Salz, der in der guten Gumboschotensuppe plötzlich zu Reißnägeln verwandelt wurde, und lebende Hummer im Wäscheschrank, und herrliches grünes Gras mit vier konzentrischen Elfenringen auf einem Ankertau, und Kröten in der Vorratskammer; und dann die Würfel, die mitten im Spiel hinterlistig humorvolle Karikaturen der sechs Schiffsoffiziere zeigten – mich eingeschlossen. Das mag einem nicht als etwas Besonderes erscheinen, aber wenn man sich erinnert, wie schlau sie waren, und wenn man keinem Besatzungsmitglied begegnen konnte, ohne daß der Betreffende in Gelächter ausbrach, wenn er mein Gesicht sah – nun, für die Disziplin war das nicht eben das Allerbeste.

Was den Kapitän anging – wir wurden neugierig, Toole und ich, und wollten wissen, wie es ihm ging. Er hatte sich in seiner Kabine eingesperrt und pfiff ab und zu, wenn er zu essen brauchte. Er aß fast nur Fisch, in riesigen Mengen. Wir beschlossen, etwas zu unternehmen. Wenn wir klopften, kam er nicht an die Tür, also boten sich die Bullaugen an. Aber wie sollten wir von außen den Vorhang wegbekommen, ohne daß der jähzornige alte Mann mit seinen Pistolen herausstürmte? Wir kamen schließlich auf etwas Ideales. Wir wollten eine abgebrochene Spiere nehmen, sie an seinem Bullauge vorbeitragen und ›versehentlich‹ hineinstecken, den Vorhang wegreißen und uns satt sehen.

Es tut mir leid, daß wir das getan haben. Wir hatten kein Recht, uns so in das Privatleben des Alten zu drängen. Immerhin, sagten wir uns, als wir nachher darüber sprachen, war es die Sache des Alten, wenn er eine... eine Meerjungfrau in seiner Kabine haben wollte! Wir sahen sie, ohne gesehen zu werden, und der Käpt'n muß im Innenraum gewesen sein. Sie war sehr schön, und ich sah Schuppen und goldenes Haar und kam mir gemein vor, weil ich hineingeguckt hatte.

Toole und ich sprachen an einem Nachmittag darüber, als wir uns der Küste näherten. Wir beide hatten mehr von den verzwickten Dingen gesehen als alle anderen, und außerdem war Toole Ire. Keiner wird je wissen, ob er recht hatte oder nicht, aber seine Erklärung ist die einzige, die auf alles paßt. Zusammengefaßt aus einem zweistündigen Gespräch, sagte er etwa Folgendes, und jetzt – glaube ich ihm:

»Dritter, das ist eine alberne Fahrt, was? Na ja. Es gibt viele Dinge, die Sie und ich nicht verstehen können, und wir sind sie gewöhnt, wie das Nordlicht und die Art der Frauen. Ich glaube, der Käpt'n hat uns verkauft. Nein, nicht, um uns was anzutun.« Er sog an seiner Zigarre und starrte aufs Meer hinaus. »Irgend etwas oder irgend jemand hat am Tag unserer Abfahrt mit ihm ein Geschäft abgeschlossen. Da, hören Sie das?«

Weit querab war das gleichmäßige Klatschen eines großen Tümmlerschwarms zu vernehmen. Oh ja, es hätten Tümmler sein *können.* »Sie haben mir erzählt, was der Käpt'n zu Ihnen über die Dinger gesagt hat. Und sie verhalten sich nicht wie Tümmler. Ich weiß nicht, ob es einer von ihnen war oder nicht, vielleicht war es etwas, das wir nicht sehen konnten, das da geredet hat. Ich glaube, der Käpt'n konnte es. Er ist mit dem Meer verwachsen, und sie sind ein seefahrendes Volk, sie kennen das Meer von altersher. Er war noch einmal halb so lang auf See wie der älteste Seemann hier an

Bord, das wissen Sie. Ich brauche Ihnen nicht zu sagen, daß die See etwas ist, das wir nie ganz verstehen werden. Man kann über nichts *alles* wissen, nicht mal über ein Atom, und die See ist so riesengroß.

Nun, er hat ein Angebot bekommen, und es war vermutlich lebenslange Versorgung mit Whisky und eine Woche oder so mit der S-seejungfrau, die wir – die wir in seiner Kabine zu sehen geglaubt haben. Was war das für eine Abmachung?

Daß er sein Schiff und die Besatzung für eine Fahrt von der afrikanischen Küste nach Amerika zur Verfügung stellen sollte. Er muß Bedingungen daran geknüpft haben, wenn ich den Käpt'n richtig kenne. Er ist schlau. Er muß verlangt haben, daß das Schiff gegen Wetter und Geschosse, Minen und Torpedos geschützt wird. Er muß gefordert haben, daß niemandem an Bord ein Schaden auf Dauer zugefügt wird, und – davon bin ich überzeugt! – daß ihm Schiff und Fracht nach dem Ende der Fahrt zurückgegeben werden. Alles andere hat sich so ergeben, wie ich vermutete. Warum das nicht auch? Das einzige, was mich stört, ist der Zeitverlust, denn in dem Geschäft bedeutet Zeit wirklich Geld. Aber Sie können sich drauf verlassen, daß der Alte nicht hereingelegt worden ist. Wir werden das noch erfahren, da bin ich sicher.

Nun zu den Passagieren. Lachen Sie ruhig, dann sage ich kein Wort mehr, aber ich glaube, ich weiß Bescheid. In der alten Heimat gibt es Bewohner, über die die Menschen viel gesungen und geschrieben haben, von denen sie träumten und erzählten, die sie hier und da auch sahen. Ich habe in der Freizeit viel über sie gelesen, und meine Mutter hat mir oft von ihnen erzählt. Jedenfalls gab es Geister und Kobolde, Elfen, Feen und Heinzelmännchen, und Derwische und Nymphen und Peris und Dryaden und Najaden und Nixen und Wassergeister; Gnome und Zwerge und Wichte und Schrate, Wald- und Flurgeister und viele andere. Und manche waren gut und andere nicht, manche halfen, andere behinderten, aber alle waren ständig zu Streichen aufgelegt. Sie waren nicht so schlimm, nicht schlimmer als die Schlangen und Spinnen, die Moskitos fressen, und viele waren ausgesprochen wohlgesinnt.

In Europa ist jetzt der Teufel los, Dritter. Man kann nicht verlangen, daß ein Kobold, der noch Selbstachtung hat, sich in Bombenkrater versteckt und zusieht, wie ein Baby zerfetzt wird. Sie hatten genug davon, und ihr Anführer, wer das auch sein mag, holte sie zusammen und veranlaßte, daß sie weggebracht wurden, dorthin, wo es ein bißchen Friede und Ruhe gibt, wo sie ihre harmlosen Zauberstückchen bei einer nicht aggressiven Bevölkerung treiben können. Sie können alle nicht richtig schwimmen, und man kann nicht erwarten, daß die Wassergeister sie hinüberbefördern; die sind ohnehin nicht zuverlässig.

Ich habe einmal ein Buch über Puck gelesen und wie das kleine Volk vom Kontinent auf die britischen Inseln gebracht worden ist. Nicht einmal soweit konnten sie schwimmen, und sie nahmen einen Blinden zum Rudern und einen Taubstummen als Navigator, und kein Wort wurde verraten, bis Puck selbst davon erzählte. Das ist das zwanzigste Jahrhundert, und sie müssen einen großen Ozean überqueren, und es sind sehr viele geworden. Ist Ihnen übrigens aufgefallen, daß wir tief im Wasser liegen, obwohl unsere Tanks leer sind und wir fast zwei Wochen lang Treibstoff und Wasser und Vorräte verbraucht haben?« Er lachte. »Wir haben viele, sehr viele an Bord.

Wir laden sie aus und bekommen unsere Bezahlung. Aber das will ich Ihnen sagen, und jetzt können Sie lachen, weil Sie im selben Boot sitzen. Wir sind Leute, die das Gesetz für nichts achten, und das schert uns nicht, sonst wären wir alle nicht hier. Aber wenn es am Ende der Reise einen guten Ort für uns gibt, dann bekommen wir ihn für diese eine Woche Arbeit. Es ist immer eine gute Tat, Flüchtlingen zu helfen.«

Ich lachte nicht. Ich ging in eine stille Ecke und kaute und schluckte das, ich dachte darüber nach, und jetzt glaube ich, was ich glaube, und vielleicht noch ein bißchen mehr. Die Welt ist groß, und das sind verrückte Zeiten.

Nun, wir luden aus, fast wie erwartet, aber wir brauchten nur drei Stunden, statt vierzehn. Ja, vor Karolina stießen wir auf Nebel, und das Schiff stieg vorne hoch und legte sich auf die Seite, und wir konnten spüren, wie der Druck an Bord geringer wurde. Und als das *Ding* unter dem Schiff versank und wir wieder schwammen und die Sonne herauskam ...

Nun das ist der Teil, der schwer zu erklären ist. Ich will es nicht versuchen. Aber sehen Sie: Es war der dreiundzwanzigste September, als wir das Trockendock verließen. Und als wir so vor der Küste lagen, den Nebel hinter uns, war der fünfundzwanzigste. Und wir hätten allein drei Tage gebraucht, um vom Trockendock dorthin zu kommen. Irgendwo haben wir eine Woche verloren. Ja.

Und die Bunker waren voll Brennstoff. Und die Kammern voller Vorräte. Und die Frischwassertanks waren voll Wasser, genau wie zu Anfang. Aber – da ist ein Unterschied. Der Brennstoff, den wir verwenden, ist von erster Güte. Und unser Essen schmeckt besser, und die Arbeit ist leichter. Ja, wir sind Gesetzesbrecher – Gesetzlose. Aber wir fahren mit unserem Schiff dahin, wohin wir wollen und wann wir wollen. Wir sehen nie ein Kriegsschiff, und uns trifft keine Granate, uns berührt keine Mine. O ja, es heißt, die ›Dawnlight‹ sei verhext. Nein, es gibt ein anderes Wort dafür. Sie ist – *verzaubert.* Wir sind bezahlt worden und werden noch bezahlt. Wir fahren überall hin und machen, was wir wollen, weil wir den besten Käpt'n haben, unter dem je ein Mann gefahren ist, und weil wir, mehr als jeder andere Mensch auf der Erde, uns vor dem Tod nicht zu fürchten brauchen.

Aber ich kann nicht vergessen, daß an Land der Teufel los sein wird!

ENDE